'n Rooikop vir Kwikkiesdrif

Noleen Fitchet

Malherbe Uitgewers Publikasie

Outeur; Noleen Fitchet
Voorbladontwerp: Malherbe Uitgewers

Geset in Franklin Gothic Book 12pt

Hoofstuk 1

"Koos, ek het 'n krisis op hande! Waar gaan ek nou op hierdie kort kennisgewing, 'n versorger vir ouma Belle kry? Die ongeluk het so vinnig gebeur, enkele dae gelede was sy nog fiks en gesond en kyk nou." Bennet sak met hangskouers in die stoel neer en vroetel met sy songebrande vingers deur sy hare.

"Dis 'n gemors, vriend! Versorgers wil ook nie maklik op 'n verlate plaas kom bly nie. Jy het waarlik 'n probleem, ou maat," beaam Koos.

Bennet kyk hulpsoekend in die restaurant rond. Koos plaas intussen 'n welkome koppie koffie voor hom neer.

Terwyl hy die warm vog wegslaan, flits die gesprek met sy ouma se dokter en die fisioterapeut vroeër die dag, deur sy gedagtes.

"Meneer Malan, jou grootmoeder sal nie gou weer selfversorgend wees nie. Op haar ouderdom, is so 'n fraktuur en die operasie se hersteltyd 'n uitdaging. Jy sal iemand moet kry wat voltyds na haar kan omsien." Die geneesheer se woorde het Bennet se vrese laat toeneem.

1

Boonop het die fisioterapeut bygevoeg, "Verkieslik 'n persoon wat ook na haar fisioterapie sal kan omsien. Ek verneem julle woon op 'n plaas, so gereelde besoeke aan my, hier in die stad, sal onprakties wees. Ek is egter bereid om met 'n bekwame versorger saam te werk. Ons kan reël dat ek haar dalk net so af en toe sien. Net om die vordering te evalueer."

Die grimmige trek om sy mond doen nie afbreuk aan die feit dat hy 'n beeld van 'n man is nie. Self is hy totaal onbewus van sy dodelike aantreklikheid. Sy fisiese aktiwiteite sorg dat die *chino* knus om sy boude sit, en die ligblou oopknoophemp laat sy besondere oë blouer vertoon. Vreemdelinge sal nie dadelik sy voorkoms vereenselwig met dié van 'n hardwerkende plaasboer nie.

"Menere, jammer dat ek nou sommer in julle sop val, maar ek kon nie help om die gesprek te hoor nie."

Die donkerkop man sowel as die vriendelike Koos, kyk verbaas na die jong meisie wat skielik langs hulle praat.

"Ja, Juffrou, wat het jy op die hart?" Bennet se oë fokus op haar. Hy frons beswaard, sy aandag is nog vasgevang by sy persoonlike probleem.

"My naam is Daleen."

"Bennet Malan en hierdie is oom Koos." Bennet skud haar hand. Sy is duidelik baie jonk, sweerlik nog 'n skolier. Waar sal sy nou vandaan kom en boonop iets op die hart hê?

"Ek kon nie help om te hoor dat jy na 'n versorger soek nie. Toevallig weet ek van 'n verpleegsuster wat jou dalk kan help met jou ouma." Haar ore het beslis niks gemis nie.

Belangstelling en ongeloof wedywer op Bennet se gesig. "Jy doen? Waar ken jy so persoon vandaan, juffie?" Hy is bereid om na enige voorstelle vir 'n moontlike oplossing van sy dilemma te luister. Hy is immers diep in die knyp.

Sy beduie na 'n hoektafeltjie waar 'n rooikop vrou op daardie juiste oomblik plaasneem.

Hy kyk in die rigting wat sy beduie. Vir 'n oomblik draai sy kop en hy skud dit liggies om van die lighoofdige gevoel ontslae te raak. Sy is een van die mooiste vroue wat hy in 'n lang tyd gesien het. Haar pragtige haredos glinster soos koper. Haar vel 'n ligte, vlekkeloos perskekleur. Vol, rosige lippe rond die prentjie af.

"Adri, my ousus, is 'n verpleegsuster. Jy moet met haar praat." Sy skud haar blonde vlegsel oor haar skouer en fluister, "Meneer, asseblief, moet net nie laat dit deurskemer dat ek 'n vinger in die *pie* het nie. Sy is kapabel en maak maalvleis van my." Haar oë blink onnutsig.

"Gie-gie-gie," oom Koos kan sy laggie nie inhou nie. Hier kom 'n ding, hier kom sweerlik 'n ding. Rooikoppe en geharde oujongkêrels – interessante resep vir drama, dit is verseker.

3

Daleen laat spaander terug na die tafel waar haar ousus wag. Bennet glimlag skrams. Die tiener is beslis lugtig vir haar rooikop sus.

"Koos, help man, hoe benader ek die tameletjie, daardie rooikop kan dalk my redding wees, maar sê nou net dit ontplof in my gesig?" Benoud vryf hy sy hare deurmekaarder as wat dit reeds is.

"Al raad wat ek het, is pak die bul by die horings. Vrydag is om die draai, jy sal spoedig iemand moet vind. Sy moet papiere hê. So, jy kan die kat eers uit die boom kyk. Toe, gaan praat met haar voor sy verdwyn." Met 'n ligte stootjie teen die skouer, por Koos hom aan.

"Berge val op my, hier gaan ek." Hy is totaal onbewus van die imposante beeld wat hy skep terwyl hy deur die restaurant stap. Daar is 'n paar dames wat alte graag sy oog wil vang. Hy kyk nie links of regs nie. Hy soek net 'n oplossing vir sy probleem. Die beste versorger moontlik vir sy geliefde ouma Belle.

"Adri, hier kom 'n man aangestap. Wees tog rustig en luister wat hy te sê het." Daleen is deeglik bewus van haar ousus se kort lont, sy is 'n geen-nonsens persoon.

"Goeiedag, dames, my naam is Bennet Malan, mag ek 'n oomblik van jul tyd vra?" Hy troon bo die twee vroue by die tafeltjie uit. Hy vroetel in sy broeksak. Haal sy sakdoek uit. Hierdie is moeiliker as wat hy verwag het. Boonop laat hierdie beeldskone vrou hom kortasem voel en sy mond kurkdroog.

Die rooikop se gesig word deur 'n frons ontsier. Dit is baie vreemd vir 'n onbekende persoon om so ongenooid 'n gesprek te kom aanknoop. Sy vertrou nie die vrede nie.

"Meneer Malan, ek ken jou van geen Adam af nie, wat kan jy moontlik van ons wil hê?" Haar stem dra die suidewindjie se koue.

Sy oë ontmoet die diepste kleur mosgroen kykers wat hy nog ooit gesien het. Die beeld van die suiwerste smaragde tref hom. Dit kos uiterste inspanning om nie deurmekaar te stotter nie. Vervlaks.

"Juffrou, ek het 'n voëltjie hoor fluit dat jy 'n verpleegsuster is."

Hy kom so skuldig voor soos 'n hanslam wat melk steel. Selfs sy adamsappel se op en af beweging verklap dat hy haas stories opmaak.

"Hmm, van voëltjies weet ek nie so mooi nie." Die groen oë pen haar sussie vas.

Daleen laat haar blik sak. Ai, Adri ken haar te goed. "Daardie vriendelike man," sy beduie na Koos wat nou kwansuis konsentreer om tydskrifte in die rak agter hom reg te pak, "het gevra of ons nuut is op die dorp, toe noem ek so terloops dat my ousus 'n verpleegsuster is." Sy bloos en sluk droog.

"Toemaar jy, ons twee sal later praat. Ek wil nou hoor wat meneer Malan se storie is." Adri kan nie te kwaad word vir haar sussie nie. Sy het self geen begeerte om nou al die dorpie se stof af te skud nie.

5

Ongeduldig beduie sy na die leë stoel. "Sit tog, jy is so lank, my nek gaan in spasma as ek so moet opkyk na jou." 'n Waterval van koperrooi krulle beweeg terwyl sy praat. "Meneer, wat wil jy vra, praat reguit, asseblief?"

Hy lig sy wenkbroue en knyp sy sensuele lippe op mekaar, klein geitjie. Hy gaan sit nogtans en druk deur, hy is immers die een met die kalf in die put. Hy haal diep asem en blaas dit stadig uit. *Kalm wees, Bennet.*

"Ek is op soek na 'n versorger, verkieslik 'n verpleegster. My ouma het geval en 'n fraktuur in haar been opgedoen. Sy word Vrydag ontslaan, so ek is redelik haastig om iemand te kry. Daarby, die geskikte persoon." Sy oë is ondersoekend op haar gerig. Pragtig en alles, maar sy moet nie dink hy gaan met minder as die beste tevrede wees nie.

Hy probeer om haar reaksie te lees, maar sy dra beslis nie haar gevoelens op haar mou nie. Gelukkig laat sy hom ook nie onnodig wag nie.

"Kom ons mors nie mekaar se tyd nie, meneer Malan. Ek wag op bevestiging van 'n ander kontrak. Ek mag dalk vir ongeveer 'n maand of twee beskikbaar wees. Natuurlik wil ek eers al die besonderhede met betrekking tot die pos onder oë kry." Op die man af, soos dit haar manier is, gaan Adri voort, "Indien ons hierdie oorweeg, moet ons dit korrek hanteer. Jy moet 'n aansoekvorm opstel wat ek kan invul, tesame met 'n pligtestaat. Daarna kan ons 'n formele afspraak reël en die logistieke deurwerk. Sodoende sal ons albei presies weet waar ons met mekaar staan, ek is nie een vir misverstande nie." Haar blik draai vlugtig na haar sussie, dan weer na hom. "Daleen is deel van my lewe."

Dit is alles of niks nie by haar. Tog is daar 'n gevoel van afwagting, hierdie kan presies wees waarop sy hoop. Daleen, nou in haar finale skooljaar, sal nie ontwrig word soos die geval sal wees as hulle in die middel van 'n skoolkwartaal na 'n ander dorp moet verhuis nie.

"Ek kan sien jy speel nie rond nie, juffrou, of suster ..."

"Langeveldt, Adri en Daleen Langeveldt."

"Wel, ek is maar te dankbaar vir jou leiding, ek het nog nooit nodig gehad om formele onderhoude te hanteer nie. Suster Langeveldt, ons kan alles rondom die aanstelling in detail bespreek. As dit jou pas, kan ons môre bymekaarkom vir 'n vergadering, of onderhoud?" Hy besef tyd is nie aan sy kant nie en neem liewers nie ompaadjies met hierdie vrou nie.

"Afgespreek, meneer Malan, tienuur môre pas my. Sommer hier?"

Hy knik bevestigend en skud dan haar hand. Die atmosfeer minder stroef.

Tevrede dat daar lig op die horison is, groet hy die twee vroue. Hy is haastig om 'n volledige aansoekvorm en pligtestaat op te stel. Die rooikop moet presies weet waarvoor sy haar inlaat. Haar hele houding getuig van professionalisme. Gelukkig sal Google hom op die regte pad kry.

In sy binneste groei afwagting, kan dit wees dat hy opgewonde is? Hierdie verwikkeling kan dalk net alles op Kwikkiesdrif verander. Hy kan nie ontken dat daar 'n tikkie opwinding in sy hart posvat nie. Iets vertel hom dat hierdie rooikop nie stilletjies deur die lewe gaan nie.

Adri beskou hom terwyl hy wegstap met uitdrukkinglose oë. Hierdie skielike werksaanbod is onverwags, maar dit kan dalk net die antwoord op haar gebede wees. Sy het nou vele stof tot nadenke. Sy is egter nie onaangeraak deur die imponerende beeld van 'n man nie. Hy is fris gebou. Sy hemp span om sy breë skouers. Die broek pas perfek om sy ferm agterstewe. Boonop is hy geseënd met die blouste blou oë, met donker hare en lang wimpers wat sy oë beklemtoon. Absolute *eye candy*, sou Daleen dit sekerlik verwoord.

Sy ruk haarself met mening terug uit haar dagdroom. Wat makeer haar? Sy is mos nie 'n tiener wat oor aantreklike mans kwyl nie. Genade!

Doelbewus dwing sy haar aandag na belangriker sake. Sy moet al haar dokumentasie gereed kry vir môre se onderhoud. Sy moet haar beste voetjie voor sit. Hierdie geleentheid is dalk net die Ware Jakob. Sy het 'n positiewe gevoel in haar binneste.

Daleen drink nog lustig haar melkskommel. Adri glimlag. Sy weet sy moet Daleen oor die kole haal, maar is reeds sag.

"Ek moet eintlik met jou raas, maar hierdie een keer gaan jy loskom. Ek moet eintlik vir jou sê dankie. Hierdie neus-in-stekery kan dalk die uitkoms wees waarvoor ek gewag het." Sy streel oor Daleen se kop. Hulle is so na aan mekaar.

Daleen se glas is met 'n laaste 'gorr' leeg. Adri neem haar handsak en stap tot by die toonbank.

"Als reg, dames, Bennet het klaar betaal. Hier in die platteland het die boerseuns goeie maniere," lig Koos, die restauranteienaar, haar met 'n glimlag in. Hoog in sy skik dat hy vir Bennet 'n lansie kan breek.

Sy wil protes aanteken, maar weet dat sy nie sal wen nie. Hierdie Bennet is iets anders. Sy moet erken, dit was baie galant van hom. Daar is vele mans wat by hom kan leer. Na 'n besadigde "Dankie," stap sy uit.

"Nou ja, terug koshuis toe met jou. Ek moet my CV en bewyse vir die aansoek bymekaar kry." Adri se gedagtes gaan op loop. Die lewe op 'n plaas kan net lekker wees. Die pasiënt is egter die een wat die deurslag sal gee. Sy twyfel nie aan haar eie vermoë nie. Sy weet dat sy bykans enigiets kan hanteer.

"Ek glo alles gaan uitwerk. Sjoe, die plaasboer het goeie gene, nè, 'n lus vir die oog," terg die tiener. Die uitdrukking op haar ousus se gesig, toe Bennet netnou weggestap het, het haar nie ontgaan nie.

"Oppas vir jou, geen rooi hakskeentjies nou al vir jou nie. Boonop gaan jy ook nie vir my man soek nie. Daar is nog te veel dinge op my lysie. Jou toekoms is vir eers my hoofprioriteit," waarsku sy speels, met onderliggende erns.

"Jy weet dat ek baie dankbaar is dat jy altyd my belange op die hart dra. Mamma en Pappa het te vroeg gegaan en te veel verantwoordelikheid op jou skouers gelaat. Jy moes nog jou jong lewe geniet het." Opgehoopte trane laat haar oë blink en haar stem bewe liggies.

Adri lê haar vinger op haar sussie se mond. "Twak, ons twee is 'n span, en 'n gedugte een daarby. Jy is net 'n plesier in my lewe, Daleen, onthou dit altyd."

"Tata, Adri, en onthou ek wil dadelik hoor hoe jou vergadering met die *dish* van 'n plaasboer verloop het."

Adri lag en wuif terwyl sy wegry. Die klein klits, daar is beslis net een soos sy. Die band tussen hulle is so spesiaal. Daleen is reeds besig om in 'n pragtige jong vrou te ontluik. Dartelend en vol lewenslus, en haar akademiese prestasies is boonop uitstekend. Sy oortref haar verwagtinge en is haar trots. Sy voel nooit dat dit 'n straf is om haar sussie se voog te wees nie. Sy sou dit nooit anders wou hê nie. Soms 'n klein snip, maar meestal net vreugde.

Met haar motor veilig voor die verpleegsterstehuis geparkeer, slinger sy haar handsak oor haar skouer.

Terwyl sy nog 'n tydelike kontrak met die plaaslike hospitaal gehad het, was sy 'n inwoner van die verpleegsterstehuis. Die klein woonstel was gerieflik genoeg. Boonop het sy toestemming gehad dat Daleen naweke en vakansies saam met haar daar kon bly.

Maar noudat haar kontrak verstryk het, moet sy uit. Sy het juis bekommerd begin raak omdat sy nog nie 'n aanstelling iewers anders gekry het nie.

Tevrede dat haar nodige dokumentasie vir die onderhoud agtermekaar is, plaas sy dit in 'n koevert by haar handsak. As alles goed verloop, kan sy net pak en sy is gereed vir 'n nuwe avontuur. Sy weet dat hoewel sy die hospitaal sal mis, sy nie gereed is om haar in 'n permanente pos te verbind nie. Daar is nog baie velde wat sy wil verken.

Die toekoms kan dalk nog interessante dinge vir haar inhou.

Bennet voel hoe die spanningsknoppe in sy skouers ontspan. Die rooikop hou vele beloftes in. Dit sal genade wees as hy nie verder hoef te soek na 'n versorger vir ouma Belle nie. Die finale beslissing sal egter by ouma self lê. Indien sy van Adri hou en sy aan haar behoeftes voldoen, is die saak reg, en kan sy plaas toe kom.

Gelukkig is finansies nie 'n faktor nie, en is dit binne sy vermoë om te betaal wat haar fooi ook al is. Hy is bewus daarvan dat goeie verpleegsusters nie agter elke bos uitgeskop word nie en 'n goeie salaris verdien.

Hierdie een belowe juis om 'n baie interessante vrou te wees. Haar skitterblink koperrooi krulle is besonders. Haar mosgroen oë en porselein vel rond die geheelbeeld perfek af. Sy moet net liefs uit die son gehou word. Daarby is haar figuur 'n lus vir die oog, met genoeg kurwes op die regte plekke. Haar lengte sorg vir elegansie.

Stadig, Bennet, wat is dit met jou dat jy nou sit en dagdroom oor 'n vrou?

Hy moet liewer daarop konsentreer dat hy sy ouma vanaand ten minste kan gerusstel. Hy kan die nuus met haar deel dat hy môre 'n kandidaat te woord staan.

Sy gedagtes wentel terug na die ontmoeting in die restaurant. 'n Glimlag speel om sy lippe. Hy moet erken, die rooikop is uitsonderlik.

Die pad plaas toe verloop vandag vinniger as gewoonlik met sy kop wat so besig is.

Die oomblik wat hy sy bakkie onder die boom parkeer, is sy twee pragtige, goue Labradors by.

"Hallo, my twee mooistes. Het julle my gemis? Ja, ek weet dis wraggies stil met ouma Belle in die hospitaal. Toemaar, sy kom Vrydag huis toe. Indien alles goed verloop, het ek dalk net die regte persoon om ons te help met haar versorging. Moet julle nie bekommer nie, een van my vereistes is dat die suksesvolle kandidaat met diere oor die weg kom." Hy gesels met die twee asof hulle elke woord verstaan, en hulle luister met gespitste ore asof hulle doen.

"Nou toe, Ben en Bapsie, ons moet gaan kyk of alles reg is op onse plaas, gaan julle saam?" Hy laat die bak van die bakkie sak sodat die twee Labradors kan opspring.

Die plaas is in die pragtigste groen geklee met oorgenoeg weiding vir die kleinvee. Die beeste is tans ook bottervet.

Hy is innig dankbaar dat alles voor die wind verloop op sy geliefde grond.

Noukeurig gaan hy al die waterpunte na en vergewis homself dat alles goed funksioneer. Sy werkers is geleer dat die diere op dié plaas eerste prioriteit geniet. Kos en water moet ten alle tye vars en beskikbaar wees.

Hoofstuk 2

Tevrede dat sy op haar beste vertoon in 'n vlootblou langbroek en wit bloes met bekoorlike valletjies, wat afgerond word met 'n vlootblou baadjie, klim Adri vrolik uit haar motor. Daar is 'n kol van opwinding op haar maag.

Die aantreklike Bennet hoef nie te weet dat sy die sogenaamde 'kontrak wat wag' uit haar duim gesuig het nie. Sy hoef nie desperaat voor te kom nie.

Stadig stap sy die restaurant binne. Haar oë val op Bennet wat reeds met 'n beker koffie sit. Sy vingers trommel op die tafeltjie. Sou dit van ongeduld of afwagting wees?

Bennet lig sy hand van die tafel waar hy met sy vingers sit en trommel, en woel oudergewoonte deur sy hare. Hy het heelwat rondgerol deur die nag. Gaan hierdie nou die einde van sy vreedsame bestaan wees? Geswore oujongkêrel wat gewoond is aan sy eie patroon. 'n Ouer verpleegster sou dalk minder uitdagings inhou, maar hierdie aanstelling kan sekerlik vir hom ook voordelig wees.

Ouma Belle se opgewondenheid die vorige aand kom by hom op. "Ja, Bennet, asseblief tog nie 'n mevrou Rottenmeyer nie, ons kort jong bloed. Ek en Sara sal haar mos mooi leer en in toom hou."

Hoe kon hy nou daarteen rebelleer?

Hy gee 'n snork-laggie toe hy wonder of hierdie rooikop haar enigsins 'in toom' sal laat hou. Maar ... ís ouma Belle en die getroue Sara hoegenaamd te vertroue? Hulle is dikwels besig om te konkel. Niks sal hulle gelukkiger maak as 'n bruid vir Kwikkiesdrif nie.

Vervlaks, wat se gedagte kom nou by hom op? Hy gaan nie 'n strop om sy nek laat hang nie.

Sy oog vang Adri wat met grasie naderbeweeg. Sy is redelik lank, maar sal steeds net tot by sy skouer meet. Die fraai knippe waarmee haar hare getem word, beklemtoon haar gelaatstrekke en beenstruktuur. Haar grimering is lig en kundig aangewend, dit maak haar natuurlike skoonheid selfs meer treffend.

So weggevoer is hy deur die vrou, dat sy reeds by hom is voordat hy lewe kry en opstaan. Sy smokkel met sy kop! Die reuk van haar parfuum is so verruklik dat dit glad nie help om sy kop oop te kry nie.

Hy trek die stoel vir haar uit. "Suster Langeveldt, kom sit, asseblief. Ek vertrou dat jy goed geslaap het?"

"Soos 'n klip, dankie." Sy neem plaas. Die aktetas met haar dokumentasie plaas sy voor haar op die tafel neer. "Hier is al my dokumente, ons kan oorgaan tot aksie."

'n Glimlag pluk aan sy lippe. "Kan ek vir jou iets te drinke bestel?"

"Slegs minerale water vir my, dankie."

Op sy beurt oorhandig Bennet 'n wit koevert aan haar. Die formele aansoekvorm, volledig en bondig.

Dit neem haar nie lank om die dokument te bestudeer nie. Net soos die man voor haar, is dit baie aanloklik. Sy kon waarlik vir niks meer vra nie.

Hy kom wel spoedig tot die gevolgtrekking dat hierdie rooikop geen tekort aan ervaring of kwalifikasies het nie. As hy eerlik moet wees, is sy na regte oorgekwalifiseerd vir die pos.

"Suster Langeveldt, as jy belangstel, is die pos joune. Kwikkiesdrif het jou nodig." Sy blik is op haar gefokus. Haar verruklike oë toor met sy binneste.

Dit lyk of sy huiwer, en dit laat hom haastig byvoeg, "Ons kan kyk na verdere voordele en onderhandel oor die salaris, indien jy nie tevrede is nie." Hy weet hy wil haar nie laat wegkom nie. Nie net blyk sy die antwoord op die gebed vir ouma te wees nie, maar hý wil haar in sy lewe ook hê. Sy is beslis 'n besonderse mens.

Sy lag klokhelder. "Meneer Malan, stadig, ek is darem nie 'n geldwolf nie. Jou aanbod is reeds mildelik, met verblyf ingesluit, nee wat, ek soek niks meer nie. Boonop, die feit dat Daleen altyd welkom is, is reeds meer as groothartig."

"Dan is ek bly."

"Al wat ek nou begeer, is om die pasiënt te ontmoet. Indien ons mekaar tevrede stel, is die saak reg." Haar glimlag is manna vir die boer en hy slaak 'n sug van verligting.

Dit is nie sonder angstigheid wat Adri langs Bennet die stadshospitaal binnestap nie.

Ongemerk druk sy haar natgeswete palms teen haar langbroek droog. Ouma Belle. Hoe gaan hulle mekaar vind? Sê nou net dit is 'n knorpot tante wat glad nie van rooikoppe hou nie? 'n Stil gebed dat hulle verenigbaar sal wees, skiet op na Bo.

Die oomblik wat sy haar oë op die silwerkop tante lê, weet sy daar skuil geen kwaad in haar nie. Sy wil haar verstout deur te glo dat hulle kan saamwerk, dalk nog heg gaan word.

Die bejaarde is beslis 'n karakter op haar eie. Silwergrys hare in 'n bolla bo-op haar kop. Terwyl sy onophoudelik babbel, dans die knoetsie hare saam. Haar ligblou oë vonkel lewenslustig.

Dit neem Adri nie lank om te weet dat hierdie ou dame 'n klein pakkie propvol dinamiet is nie. Rondom haar sal die lewe beslis nie eentonig wees nie. Die wakker ogies mis niks nie.

Met 'n glimlag wag Adri in die hospitaalgang na haar gesprek met die pasiënt. Sy is gevra om Bennet in te stuur. Die matriarg wil alleen met haar kleinseun praat.

Bennet was nie lank binne nie. Die oomblik wat hy weer verskyn, bekyk Adri hom agterdogtig. Verbeel sy haar of is sy ore effens rooi? Sy sou dolgraag wou weet wat tussen hom en die formidabele ouma Belle gesê is.

Hy sal haar egter nooit die tevredenheid laat smaak om sy ouma se woorde te herhaal nie.

"Ons wag net vir jou finale antwoord, Suster. My ouma sê sy wil jou graag op Kwikkiesdrif hê. Sien jy kans vir ons?" Dat Adri die onderliggende, ondeunde nuanse van sy vraag begryp, betwyfel hy nie vir 'n oomblik nie.

"Wel, ek is gereed vir Kwikkiesdrif se mense. Ons kan maar teken, meneer Malan." Sy steek haar hand na hom uit. Baie formeel skud hulle blad.

"Gee my net 'n oomblik, laat ek my ouma gaan gerusstel." Hy draai vinnig om en loer om die deur by sy ouma se kamer.

Al wat Adri wys word, is dat hy sy duim in die lug hou. Sy hoor die bejaarde se laggie. Samesweerders, dié twee. Dit is nie aldag dat 'n jong man soveel vir sy ouma omgee en haar belange op die hart dra nie.

Hulle teken die kontrak in die hospitaal se wagkamer. Dan oorhandig sy die gesertifiseerde afskrifte van haar registrasie en kwalifikasies.

Toe hulle klaar is, bedel hy sommer 'n fotostaat van die getekende kontrak by die hospitaal se ontvangs.

Met al die papierwerk afgehandel, stap hulle uit en elkeen spat is sy eie rigting.

"Dierbare Daleen, ek is veilig terug van die stad af. Ek het Bennet se ouma ontmoet. 'n Aangename, op en wakker tante. Sy gesels 'n dooie jakkals aan die draf. Hierdie is die regte pos vir my." Haar asemhaling is onreëlmatig van opgewondenheid. "Ek gaan môre kyk hoe dit op die plaas lyk. Ek wil my vergewis dat alles gerieflik is vir die pasiënt. Bennet het ook voorgestel ek trek dadelik in. O, Daleen, ek sien so uit na hierdie nuwe fase. Ek is diep in die skuld by jou vir hierdie geleentheid."

Daleen kraai van vreugde. "Adri! Dit klink alles wonderlik! Dis ongelooflik hoe dinge uitwerk. Jy sê dis reg as ek naweke en vakansies oorbly? Dis so 'n groot bonus, nè? Die Vader weet, jy verdien alle goeie dinge wat na jou kant toe kom. Ek kan self nie wag om hierdie seisoen van ons lewe te betree nie."

* * * * * * * * * *

Adri ry versigtig op die onbekende plaaspad. Die pad word goed onderhou, daar is min klippe en is onlangs geskraap. Onder 'n reusagtige doringboom parkeer sy haar motor. Kwikkiesdrif is 'n asemrowende plek, en die plaas oortref selfs haar stoutste verwagtinge. Die boer aan die stuur weet vir seker wat hy doen. Sy vinger is op die pols van sake. Landerye strek ver en lowergroen, die buitegeboue is in puik toestand. Perde se gerunnik word vanuit hulle kampe gehoor. Afwagting vir die geleentheid om alles van nader te verken, borrel in haar.

Hoe gelukkig kan 'n mens wees, dat sy nou in so 'n beeldskone omgewing kan woon. Die rustigheid van die plaas voel soos suiwer suurstof wat jou siel verkwik. Waarvoor kan 'n mens dan meer vra?

Boonop was haar eerste indrukke van haar pasiënt net gunstig. Sy glo in haar mensekennis. Sy kan aanvoel dat sy en ouma Belle 'n goeie verhouding gaan hê.

'n Bykomende bonus, is die baie aanskoulike lid van die manlike spesie wat sy elke dag gaan sien, fluister die guitige stemmetjie in haar gedagtes. *Ai, Adri, lyk my die plaas lug kerjakker met jou adrenalievlakke. Los die dagdrome en dit boonop oor 'n man!*

Die bron van haar wegholgedagtes kom vanaf die perdestalle aangestap. Hy is geklee in 'n kortbroek, wat sy gespierde bobene ten beste pas, 'n kakiekleurige hemp en veiligheidsstewels.

Sy glimlag en wit tande blink teen sy sonbruin gesig. Die blou oë staan uit tussen die lang, donker wimpers. "Welkom op Kwikkiesdrif, suster Adri."

Haar goed versorgde, slanke hand word omvou deur 'n sterker een. Momenteel fladder skoenlappers in haar binneste.

Met die naderkom, bedwelm haar parfuum nogmaals sy sinne. "Kom, dat ek jou die woonstel wys wat jou nuwe tuiste sal wees. Ons twee het nog heelwat om vandag te vermag."

Terwyl hy voortgaan om te verduidelik, dwaal Adri se gedagtes af. Sy is innig dankbaar dat sy een van haar goeie denims aangetrek het. Die broek pas netjies en sy weet sy lyk goed. Die groen bloes beklemtoon haar oë.

"Hier is jou woonstel." Hy hou die deur vir haar oop. Die vensters is reeds oop en vars lug borrel vrolik na binne. "Hierdie kort gangetjie verbind jou aan die hoofhuis. Gerieflik naby aan ouma se kamer. Ek het ook 'n klokkie geïnstalleer wat haar direk met jou verbind." Sy hande beduie geesdriftig saam met sy woorde terwyl hy die hele opset verduidelik.

Sy merk sy lang vingers op. 'n Ligte rilling trek deur haar. Hoe sal dit wees om hulle oor jou liggaam te voel beweeg? Die toneel van die aantreklik boer wat voor 'n klavier sit en die wonderlikste klanke optower, spring voor haar geestesoog op. Met moeite dwing sy haar aandag terug na die teenwoordige.

Die ruim eenheid oortref haar wildste verwagtinge. Modern en oordeelkundig gemeubileer, byna soos 'n vakansiewoonstel. Sy sal lekker hier bly, en sy en Daleen kan saam wees soveel as moontlik.

Daar is ook 'n goed ingerigte kombuis. Ruimte besparend, maar alles wat nodig kan wees, is voorsien.

Bennet verduidelik sover as wat hulle gaan. "Jou maaltye is ingesluit en dit sal aangenaam wees as jy dit saam met ons nuttig." Hy gee 'n laggie. "Jy kan wel jou eie kos maak indien jy uit gekuier raak met Sara se spyskaarte, of dalk net jou eie privaatheid verlang."

"Dit is baie gaaf, ek is nie so lief vir kosmaak dat ek die gegewe perd in die bek sal kyk nie." Dit is werklik 'n voordeel dat sy nie nog oor kosmaak hoef te stres nie.

Ouma se kamer is, soos Bennet gesê het, sommer 'n hanetreetjie van die woonstel. Sy sal binne oomblikke by haar pasiënt kan wees indien sy haar benodig. Hierdie kamer weerspieël die ouer dame se klassieke voorkoms. Die gordyne is pragtig en vrolik. Genoeg lig word ingelaat. Sy is tevrede dat daar aan al die behoeftes van die bejaarde voldoen word. Sy is oortuig dat die mobiele toilet en tydelike veiligheidsrelings vir die bed, die ding sal doen. Sy en Bennet het die bestelling daarvoor geplaas na hul besoek gister aan die hospitaal. Dit sal nog voor die pasiënt se tuiskoms afgelewer word.

Die indrukwekkende houtvloere en plafon steel summier Adri se hart. Dit is uniek en blink soos goud. Die huis het beslis 'n geskiedenis wat deur die inhoud oorvertel word – soos die antieke meubels wat die plek versier sonder om 'n neerdrukkende voorkoms te verleen.

Sy is dankbaar dat daar nêrens enige bangmaak familieportrette teen die mure hang nie. Dit is 'n vrees wat sy sedert haar kinderjare al het: streng ooms en tannies wat jou met een blik vaspen vanuit dik, swart rame. Dit gee haar die rillings.

"Is jy tevrede? Asseblief, jy kan enige tyd met my praat as daar nog iets is wat jy benodig." Bennet se stem ruk haar uit die verwondering waarmee sy alles rondom haar bekyk.

"Hier is alles wat 'n mens kan begeer. Ek gaan so lekker hier bly, jy kry my dalk nooit weer hier weg nie. Dankie ook vir die bonus dat Daleen hier mag kuier."

Vir 'n oomblik is al wat hy hoor: 'dalk kry jy my nooit weer hier weg nie'. ... Gmpf, wat de duiwel is dit met hom? Waarom sou die woorde so aangenaam, warm in sy binneste val? Die rooikop het nog nie eens ingetrek nie en sy jaag sy hormone al op hol.

"Kan ek maar my goed aflaai en in my woonstel pak?"

"Natuurlik, ek sal jou gou help."

By haar motor loer hy deur die venster. "Is daar nog meubels of iets wat op die dorp gehaal moet word, of is dit alles?"

"My besittings is presies net een motor vol. In die verpleegsterstehuis het ek nie ekstra meubels nodig gehad nie. Klere en 'n paar persoonlike items is al wat ek saamdra. Ons ouerhuis word met meubels en al verhuur. Die enkele goedjies wat ek en Daleen graag vir eendag wil hou, word gestoor." Met hierdie woorde gee sy hom 'n proeseltjie van haar persoonlike lewe wat sy gewoonlik diep weggesteek hou.

Binne 'n oogwink is alles uitgedra en in die woonstel gepak. Daarna stap hulle weer die herehuis binne waar hy haar aan Sara voorstel.

Hierdie ontmoeting gaan ook voor die wind. Sara se oë blink wanneer sy die rooikop spontaan 'n drukkie gee. "Ek kan sommer sien onse ouma kry 'n baie goeie *nurse*. Welkom, Suster, welkom hier op onse Kwikkiesdrif. Hier sal Sara sorg dat jy lekker eet. Indien jy iets benodig, moet jy net praat." Sy vryf haar hande saam. Sy wil tog net van hulp wees waar sy kan.

Daardie aand spog Sara reeds met haar kookkuns en sorg dat 'n smaaklike maal voorgesit word.

Adri is opnuut oortuig dat sy nie sommer haar eie kombuisie vir meer as koffie, tee en roosterbrood sal gebruik nie.

Sara glimlag selfvoldaan toe sy sien hoe verras en goedkeurend Adri na die tafel staar, en blaas ywerig haar eie beuel. "Ons moet mos die mooie suster welkom laat voel. Daarsy, Bennie, pak die skottelgoed net later in die wasbak. Ek gaan nou na my eie huis." Die moederlike vrou is duidelik in beheer van die huishouding en waarskynlik van die baas van die plaas ook.

Geamuseerd glinster Adri se oë. "Bennie nogal? Ek kan sien wie swaai eintlik die septer hier rond." Sy verkneukel haar goedig aan die mooi gesindheid wat hier heers.

"Sara is een op haar eie, sy het my basies grootgemaak, sy en ouma Belle."

Sy kyk stil na hom, wag dat hy meer van homself deel, maar die oester klap net daar weer toe.

"Kry vir jou groente, ek sal vir jou vleis inskep." Die heerlikste boerekos-maaltyd wag op hulle. Groenboontjies met aartappels; pampoenkoekies wat blink van die lekkerte; gebakte aartappels en geroosterde skaapboud met 'n kruisementsous.

Sara weet van kook, dit is gewis. Adri se mond water. Alles lyk so aanloklik. Selfs poedinglepels lê reg.

Hulle nuttig die maaltyd in stilte.

Bennet betrap homself dat sy oë na die rooikop dwaal. Sy vingers begeer om haar gladde, vlekkelose vel te streel. Pragtig soos porselein, maar satynsag. Haar wange wat spog met 'n perskeblos, is vry van enige grimering. Sy blik volg elke happie wat oor haar vol lippe gaan. Dit is boonop verfrissend om te sien dat sy haar maaltyd kan geniet sonder om kalorieë te tel.

"Hok toe met jou, ou bul, jou lustigheid gaan jou net in die moeilikheid laat beland," brom hy onderlangs, en skrik vir sy eie stem. Gaats, hy praat nou met homself. Wat is volgende?

"Ekskuus, ek het nie nou gehoor nie?" Sy kyk vraend op na hom.

"Nee, ek net iets in die keel gehad." Die wit leuentjie kom heserig uit.

"Sjoe, ek het lanklaas so 'n smaaklike maaltyd geniet. Nee wat, ek sal nooit my eie brousels wil maak as ek so kan smul nie. Net solank jy seker daarvan is dat ek nie te veel in julle spasie sal wees nie."

"Daaroor hoef jy nie bekommerd te wees nie. Smiddae is ek nie noodwendig altyd op etenstyd hier nie, dan bêre Sara maar my kos in die oond. Saans eet ouma gewoonlik net 'n ligte maaltyd in haar kamer. Ek sal geselskap altyd waardeer. So, maak jou tuis, asseblief, Suster." Daar is 'n opregte warmte in sy stem.

Later in haar woonstel, pak Adri haar klere weg. Dit was 'n besige, uitputtende dag. Sy is so dankbaar vir die oulike blyplek. Sy gaan beslis lekker hier bly, en Daleen ook, wanneer sy naweke en vakansie kom. So hier en daar kan sy iets persoonlik aanskaf om dit haar eie stempel te gee, maar verder is alles perfek.

Onwillekeurig dwaal haar gedagtes na Kwikkiesdrif se eienaar. Hy is vervlaks aantreklik. Gans te veel as wat goed is vir 'n vrou se arme hart. Asof sy donker hare en blousel-blou oë nie al genoeg is om haar knieë lam te maak nie, het hy nog 'n stel wimpers waarvoor menige vrou haar siel sou verkoop. Sy sal haarself in toom moet hou. Hy voorspel net moeilikheid, dié soort waarsonder sy kan klaarkom. Daardie soenbare lippe van hom is een enorme verleiding op sigself.

In die gerieflike, groot stort laat sy die water behaaglik oor haar spoel. Daarna blaas sy haar hare vinnig droog. In haar pajamas maak sy haar tuis in die bed. Die matras voel soos huis, en sy druk 'n kussing onder haar kop. Nou gaan sy eers vir Daleen skakel. Dié bars seker al van nuuskierigheid oor haar eerste ervaring van die plaas.

"Ek is oortuig dat ek ouma Belle maklik sal kan hanteer. Sy is in elk geval so 'n fyne ou mensie. My blyplek is te pragtig vir woorde; tipiese *English*

Cottage Style. Ek sou graag wou weet wie dit so ingerig het. Sekerlik nie meneer Bennet nie. Sus, ek kan nie wag dat jy dit alles sien nie. Jy gaan dol wees daaroor."

"Dit klink fantasties."

"Die plaas is asemrowend, groen sover jy kan sien. Perdekampe met die mooiste diere. Hierdie is 'n boer wat sy storie ken. Hy woon in die paradys."

"Nou is ek baie nuuskierig!"

Hulle gesels nog 'n hele rukkie tot Daleen lang gape begin gee.

Hoofstuk 3

Iewers ver kraai 'n haan. Dit is reeds besig om lig te word. Haar eerste oggend op Kwikkiesdrif breek aan. Die koelerigheid in die lug dui aan dat die seisoen verander. Sy trek die varsheid met diep teue in haar longe in. Selfs die voëltjies begin al vroeg vergadering hou. Vêrlangs is daar die ewige hadidas wat hul galgekrete uiter.

Sy gaap agter haar hand, wanneer laas het sy so goed geslaap? Droomloos. Sy voel veerkragtig en vol moed. Dit moet seker die skoon, vars lug wees wat hier deur haar longe sirkuleer.

Na 'n klompie strekoefeninge, was sy haar gesig en haal haar oefenklere uit.

Sy probeer om soggens so gereeld as moontlik te draf. Dit is haar dinktyd en geleentheid om haar dag in perspektief te kry. Sy was nog nooit een vir gimnasiums en hoë-impak oefeninge nie. 'n Draffie soggens is genoeg. Dit is soms maar 'n stryd. Vroeg uit die vere, is beslis nie haar sterk punt nie, behalwe natuurlik wanneer sy moet werk.

Hier gaan sy egter nie kan laat lê nie, hier is werk om te doen. Vandag kom ouma en sy wil alles gereed hê. Sy haal diep asem. *Kalm bly, Adri, hierdie dag gaan goed uitwerk.* Professioneel soos sy is, wil Adri net haar beste lewer.

Sy het geen twyfel in haar eie vermoëns as verpleegkundige nie, maar die mense van Kwikkiesdrif moet net nie poog om haar verlede oop te krap nie. Daar is sekere dinge waaroor sy nie graag gesels nie. Private dinge en pyn wat niemand anders aangaan nie.

Die koperrooi haredos word vasgevang in 'n rekkie. Sy trek haar drafskoene aan en dan is sy gereed vir die oggenddraf.

Ben en Bapsie wag haar in, kwispel met hul sterte en lag met lang pienk tonge. Hulle val sommer saam met haar in.

Die netjies versorgde, groen grasperk verander geleidelik totdat dit net veld is. Sy draf al met die grensdraad langs en neem die skure waar, asook kampe met beeste en perde afsonderlik. Die perde loer vir haar, sommige runnik vriendelik. Alles is krities netjies.

Dan hoor sy water kabbel oor klippe. Welige wilgerbome staan bankvas en verskuil die spruit.

Haar asem begin jaag en sy staan hande op die bobene na die helder water en kyk. Die versoeking is te groot en sy buk vooroor. Die oomblik wat sy die koel water oor haar gesig spat en 'n slukkie neem, klink 'n stem agter haar op.

"Môre, suster Adri, jy is lekker onfiks, nè!"

"Maaifoedie, laat jy my skrik!"

Bennet se hand sluit blitsvinnig om haar bo-arm en keer net betyds dat sy nie vooroor in die spruit tuimel nie.

"Jammer. Jammer. Toemaar, ek het jou. Kom tog weg van die spruit, netnou is ouma se suster daarmee heen voordat sy nog begin het." Hy lag wittand, terwyl hy haar help om haar voete weer op vaste aarde te kry.

'n Vreemde, aangename gewaarwording tintel vir 'n oomblik deur hom. Sy bring warmte wat iewers diep pols. Besef sy hoe beeldskoon sy is in haar groen oefenklere? Sy is geseënd met 'n pragtige liggaam. Goed bedeeld bolangs (hy wil nie eers in sy gedagtes die woord uitspreek nie). Ferm en atleties. Die stywe oefenbroekie steek beslis nie haar goed gevormde bene weg nie. Dan dwaal sy oë na twee stewige boudjies en weer al die pad op tot by haar kroontjie. Die oggendson laat haar hare skitter. Haar gesig straal. Sy is asemrowend; klaarblyklik totaal onbewus van haar skoonheid.

Terwyl sy opkyk na hom, wonder sy weereens waarom die man so geseënd moet wees met sulke oë en wimpers. Hy is geklee in 'n drafbroekie en T-hemp. Albei het beter dae geken. Sweterig kleef dit aan al die regte plekke wat hom net aantrekliker maak. Beslis een van die mees welbedeelde onder die manlike geslag. Haar mond droog spontaan op.

Hy raak bewus van haar blik op hom en trek selfbewus aan sy verweerde T-hemp. "Sara wou dit lankal wegsmyt, maar ek is verknog aan my draf goedjies. Ek is gewoond om alleen hier op Kwikkiesdrif te kom en gaan. Met geen evas wat my beloer nie." Hy voel lus om sy tong te byt die oomblik wat die woorde sy mond verlaat.

Gelukkig is sy nie liggeraak nie, en sê in 'n kamma-ernstige stemtoon, "Jammer vir jou, ouma Belle het my nodig, so raak gewoond daaraan, jy is vas geteken. Ek belowe egter om my onder jou voete uit te hou."

"Asseblief, ek terg net, hierdie moet jou tuiste ook wees. Ek wil hê jy moet gelukkig wees. Anders gaan my ouma die velle van my bas aftrek."

Sy glimlag geamuseerd as die hospitaal episode by haar opkom. As sy sake reg lees, is hy redelik skrikkerig vir die gryskop oumatjie. "Nou ja, Bennet, daar is nog baie te doen voordat die ambulans my pasiënt bring. Kom, laat ek jou gou wys waar Dawid die wortels gegrawe het." Die woorde glip skaars oor granaatrooi lippe, of sy is uit die kuipe.

Vir 'n oomblik staan Bennet net versteend. Sy het hom netjies uitoorlê! "Merrieperd!" Hy moet behoorlik uithaal. Met die twee honde op haar hakke, is sy besig om hom ore aan te sit.

Adri is onbewus van die feit dat hy onlangs nog gereken was as een van die vinnigste vleuels wat hierdie provinsie nog opgelewer het. Binne 'n oogwink haal hy haar met krag en lang treë in.

31

"Sjoe, Rooikop, jy sal mos rekords loshardloop! Genade, ek is beslis nie so fiks as wat ek geglo het nie." Albei staan hande op die knieë en hyg na asem.

Al blasende voeg hy by, "Hmm, jy het buitendien gekroek, volgende keer wen ek jou." Hy swaai sy vinger gemaak-beskuldigend voor haar gesig.

"Wat jy waar kry?"

"Moenie maak asof jy nie weet nie," sê hy speels.

Sara hou hulle vanuit die kombuisvenster dop. "Ge-ge-ge," kekkellag sy. "Ek hou van daardie suster met die pragtige hare. Sy gaan Kwikkiesdrif vir ons kom op *spice*."

Glimlaggend draai sy weg en lig die deksel van die pot op die stoof. Die geur van gaar pap vul die kombuis. Romerig en aanloklik. Eenkant staan 'n skinkbord gereed. Sy het onderneem om self vir die suster ontbyt na haar woonstel te neem.

Adri spring deur 'n stort toe sy weer in die woonstel kom. Dan vryf sy die ergste nattigheid uit haar hare met die handdoek. Daarna span sy die haardroër in om die dik lokke te blaas. Haar uniform hang reeds teen die kas. Georganiseerd soos sy is, het sy die vorige aand reeds gesorg dat al haar benodigdhede byderhand is vir vandag.

Teen die tyd wat daar 'n klop aan die woonstel se deur vanuit die gang is, is sy geklee en gereed. "Kom binne."

Sy is verras om te sien dat dit Bennet is wat met 'n skinkbord binnekom. "Sara het my gestuur, sy glo aan 'n goeie ontbyt om die dag mee te begin. Jy is meer as welkom om jou ontbyt in die eetkamer te kom nuttig. Net soos wat dit vir jou werk."

"Dankie, ek sal met Sara reël." Sy skuif haastig 'n paar boeke eenkant toe om plek te maak op die tafeltjie. "Ek waardeer jul gulhartigheid. Hmm, dit lyk mos alte smaaklik." Sy adem die geur van die vars gemaalde koffie in. Dan betrap sy Bennet se blik op haar. Haar vlootblou-en-wit uniform vlei haar figuur, en sy dra die epoulette op haar skouers met trots.

"Sjoe, daardie geleerdheid op jou skouers moet gewigtig wees." Bewondering straal uit sy oë.

Sy is trots op alles wat sy vermag het. Dit is bevredigend om te weet dat sy 'n uitblinker is in elke veld wat op haar skouers verteenwoordig word. Haar beroep is haar passie en sy is trots op die gehalte sorg wat sy verleen.

Sy glimlag. "Op 'n ligter noot word daar na dié verwys as vrugteslaai." Sy beduie na die balkies op haar epoulet.

Hy lig sy wenkbroue, glimlag, en verdwyn dan weer by die deur uit.

Sy eet gou en het ook net skaars haar koffiebeker neergesit, of daar is 'n dreuning buite.

'n Afleweringsbussie kom tussen die bome deur aangery. Sy stap nader en kyk hoe Bennet en een van sy werkers bystand verleen met die aflaai van die apparaat wat met sorg na die ou dame se kamer geneem word.

Sara kom die kamer binne, duidelik nuuskierig om te sien wat aangaan. Alles word reggeskuif. Adri weet presies wat pas waar.

"Stem jy saam, Sara, alles is nou gereed vir ouma Belle se koms?" Haar glimlag strek tot in haar oë.

Sara se hart klop sommer warm. "O ja, alles lyk *spiekerish*." Dit is vir haar 'n riem onder die hart dat Adri haar betrek by die voorbereidings vir ouma se verpleging en ontvangs. Dit is goed om te weet die jong vrou het niks *upstairs* geite nie.

Adri stap uit en gaan maak 'n draai in die tuin waar sy 'n kleurvolle bos blomme pluk. Dié rangskik sy kunstig in 'n pot en sit dit in pasiënt se kamer. Sy glimlag tevrede vir die rustige, dog verwelkomende atmosfeer wat dit skep.

Sy drentel by die kamer uit en dwaal deur die huis. Sy kan nie wag om die wiel aan die rol te kry nie. Sy wil besig raak. Ledigheid het haar nog nooit aangestaan nie. Sy ontdek 'n lieflik ingerigte biblioteek in een van die vertrekke. Daar is selfs 'n aanloklike leeshoekie. Hier sal sy beslis kan ontspan en een van haar gunsteling stokperdjies geniet, naamlik lees.

Die oggend het nie juis ver gevorder nie, of 'n tweede voertuig ry Kwikkiesdrif binne, dié keer is dit die ambulans wat ouma huis toe bring.

Die dokter het alles gereël om enige onnodige ongerief vir die pasiënt te voorkom.

Terwyl die ambulansdienspersoneel die draagbaar uitlaai, hou Bennet en Adri 'n waaksame oog dat die veiligheid en gemak van die pasiënt prioriteit geniet.

"Sjoe, mense, nou voel hierdie ou vrou darem vir julle gedaan." 'n Sug verklap dat haar energie getap is. Sy is duidelik dankbaar om op haar eie bed getel te word. Haar wange is baie bleek en die oë is sonder hulle kenmerkende sprankel.

"Suster, mag ons die pasiënt aan u oorgee?"

Sy knik haar kop, beïndruk, en gaan saam met hulle deur ouma Belle se lêer. Daar is notas van die geneesheer, die fisioterapeut en selfs 'n dieetkundige.

"Dan laat ons haar nou in jou bekwame hande, Suster."

"Baie dankie, mense, julle diens is prysenswaardig. Waarlik. Ons waardeer dit. Goed gaan." Sy lig haar hand in 'n groet en skenk daarna haar volle aandag aan haar pasiënt.

Bennet vergesel hulle na buite.

Adri se stem is sag en deernisvol. "Ouma kan nou ontspan. Ek sal omsien na al u behoeftes."

Op haar beurt, plaas die bejaarde 'n hand op dié van haar versorger. "Ek weet, my kind, jou goedheid straal uit jou uit." Dan soek die oë in die kamer rond. "Sara, kom nader, ek het so na jou verlang. Ons twee het al so baie sakke sout saam verorber, ons kan nie geskei wees nie."

Trane dam in Sara se oë op, sy gee die paar treë nader en omhels ouma Belle, wie se oë van opgekropte emosies blink.

Bennet kug met die instap. "Sara, voor jy ouma dooddruk, ek kan ook nie meer wag op my beurt om my geliefde ouma te verwelkom nie."

Adri draai stil om en gaan staan by die venster, gee hom sy privaatheid met sy ouma.

Sara beweeg uit en verskyn weer minute later met 'n koppie tee.

Ouma drink dit behaaglik. "Hmm, baie beter as die hospitaal s'n, my liewe Sara, baie dankie. Hulle s'n proe soos flou skottelgoedwater."

"Ons is almal verheug dat Ouma tuis is." Adri kom nadergestap, haar stem ferm. "Daar is nog baie tyd vir gesels, maar nou trek ek my verpleegstersskoene aan." Dit is nie maklik om haar pasiënt so aan te spreek nie, maar dié het daarop aangedring. Onder normale omstandighede sou sy dit nooit gedoen het nie. "Ek gaan Ouma nou gemaklik maak, sodat daar bietjie gerus kan word."

Bennet en Sara ontvang 'n veelseggende kyk in hul rigting.

"Sara, ek kry die gevoel dat ek en jy nou netjies gevra is om ons skaars te maak." Dit is egter met 'n tevrede glimlag wat Bennet koers kry. Hy weet sy ouma is in goeie hande, in teendeel, die beste hande.

Sara verlaat die kamer ook met 'n ingenome glimlag om haar lippe. Sy trek die deur agter haar toe en val langs Bennet in. "Bennie, jy het die regte persoon gekry vir onse ouma Belle. Dis 'n juweel hierdie, jy moet nou wakker loop, hoor jy?" Sy gee hom 'n gemoedelike klappie teen die skouer.

Hy snap dadelik wat sy bedoel. As dit maar net so maklik was. Het hy nie dalk totaal verleer hoe om 'n vrou te hanteer nie? Boonop, hierdie rooikop is nie een wat jy agter elke bos uitskop nie. Sy gaan sekerlik 'n turksvy wees. Dit is nie te betwyfel nie.

Hoofstuk 4

Die week gly ongemerk onder hulle uit. Adri en ouma Belle vind hulle ritme sonder dat daar enige struikelblokke is. Van die begin af het die twee aanklank by mekaar gevind. Die suster voldoen aan die pasiënt se wildste drome. Ouma Belle steel op haar beurt die jong vrou se hart. Hulle verstaan mekaar. Daar word na elke behoefte van die bejaarde omgesien.

Adri bewonder die tante se skerp gees en moed. Nogtans ontgaan dit nie haar geoefende oog dat die fraktuur en alles wat daarmee gepaard gaan, deeglik sy tol van die gryskop eis nie.

Die naweek breek aan en Adri kan nie wag om haar kleinsus op Kwikkiesdrif te verwelkom nie. Sy is oortuig dat die tiener gaande gaan wees oor die plek.

Dit werk dan ook baie goed uit dat Bennet juis Vrydag dorp toe moet gaan. Hy kan dus vir Daleen gaan optel en saambring Kwikkiesdrif toe.

Bennet geniet die tiener se geselskap. Dié het nie 'n skaam haar op haar kop nie. Die pad terug word kafgedraf met die meisie se onophoudelike geklets.

Met tye skater hy hardop van die lag. Haar energie belaaide vertellings is skreeusnaaks en vreemd genoeg dra sy nie die algemene tiener irritasies oor nie.

Sy vertel van die kaskenades wat sy en haar vriendinne in die koshuis aanvang. Sy het selfs onder 'n onderwyseres se bed wegkruip en dié aan die voet gegryp net toe sy wil begin uittrek. Dan is daar ook vrugtestelery. Daleen is duidelik die voorbok. Op 'n stadium kyk sy grootoog na hom en eis sy plegtige belofte tot stilswye.

Hy glimlag en knik sy kop, sameswerend. As Adri moet weet wat haar sussie alles aanvang, sal daar moeilikheid wees.

"Ouma Belle," steeds is dit vir Adri verkeerd om 'n pasiënt so aan te spreek. Geen pogings van haar kant, kon die tante oortuig dat dit onprofessioneel is nie, en sy moes maar bes gee. Ouma is spesiaal en as dit haar gelukkig maak, kan daar seker nie kwaad in skuil nie. "Ek hoop nie my lewenslustige suster gaan ouma kom moeg maak die naweek nie."

"Ek sien uit om haar te ontmoet. Jongmense vind gewoonlik gou aanklank tot my. Ek hou boonop van lewe in die huis. Dit was te lank stil met net ek en Bennet hier. Buitendien, as sy na jou aard, kan sy net aangenaam wees."

"Ek dink nie Daleen wil enigsins na my aard nie, volgens haar, ek is glo 'n ou, nat sak!" Die twee vroue lag gelyktydig.

Net buite die deur glimlag Bennet by homself. Die rooikop en ouma Belle is beslis soos 'n hand in 'n handskoen. Hy het die regte ding gedoen om haar aan te stel. Hy kan die Vader nie genoeg dank vir die dag wat Daleen hom in die restaurant genader het nie. Hy sal altyd in die skuld by die jong meisie wees. 'n Klanklose skietgebed na Bo, verlaat sy lippe.

Die verskil in die atmosfeer is werklik 'n riem onder die hart. Ouma Belle is duidelik versot op suster Adri.

"Adri, jy het beslis nie oordryf nie! Ek verstaan waarom jy so gaande is oor die plaas en sy mense. Boonop met so dierbare, dankbare pasiënt. Die liewe Sara, sy is net een op haar eie. Sy gaan ons nog vetvoer. Dit kan ek sien. Bederf is haar voornaam."

Daleen vind Bennet ook heel aangenaam. Sy oorkom gou haar gevoel van betowering met die adonis van 'n boer. Die blik in sy oë wanneer hy na haar suster kyk, het nie ongesiens by haar verbygegaan nie.

Spoedig is die romantiese siel hard besig om drome oor die toekoms te droom. Die held en heldin natuurlik Bennet en Adri. Hier kan maklik 'n sprokiesverhaal afspeel. Haar pragtige suster met die koperrooi hare en die donkerkop man wat 'n vrou se bene week maak. Sal dit nie te wonderlik wees nie...

Nadat ouma Belle later aandete geniet en gemaklik gemaak is, gaan sit Adri saam met Bennet en Daleen in die televisiekamer.

Hulle kos staan reeds gereed en hulle val sommer dadelik weg aan die smaaklike ete. Vanaand eet hulle nie soos gewoonlik in die eetkamer nie.

"Sjoe, hierdie Sara kan vir jou heerlike sop maak, en die varsgebakte brood is fantasties. Hier sal ek so vet soos 'n varkie word in *no-time*," kom dit tussen happe van Daleen.

Na ete ruim hulle gou op en gaan sit dan weer in die televisiekamer om *Monopoly* te speel.

Bennet verkyk hom aan die twee susters. Hulle bring werklik lewe in die opstal.

"Adri, jy kul! Bennet het jy gesien? Sy beroof ons, keer man!" Daleen raak so geesdriftig meegevoer dat sy Adri op die mat plat duik om die weggesteekte geldnote van die spel te bekom.

Adri, op haar beurt, lag so dat sy totaal slap is en nie 'n vinger kan verroer om Daleen te keer nie.

Bennet was voorheen tevrede om die meeste van sy tyd tuis te verwyl. Deels omdat hy ouma nie alleen wou laat nie, en as hy eerlik moet wees, het dit gemaklik geword; en deels omdat hy nie lus was om een of ander ligsinnige meisie uit te neem of geselskap by kuierplekke te soek nie. Miskien is hy maar 'n ou siel, bestem vir alleen wees. Maar waarom put hy dan soveel genot daaruit dat daar nou twee mense saam met hom hier is? Hierdie twee vroue bring lewe. Hy geniet hulle pret, die energie is aansteeklik.

Die drie geniet nog 'n laaste koppie koffie, daarna gaan vergewis Adri haarself dat die pasiënt niks benodig nie. Dié verkeer reeds salig in droomland. Vir 'n oomblik kyk sy na haar, trek dan die kombers knus oor die verrimpelde ou armpies.

Hoe lank Bennet in die deur gestaan en haar dopgehou het, weet sy nie, maar die blik in sy oë straal goedkeuring uit. Hy staan opsy sodat sy by die kamer kan uitkom, maar staan tog moedswillig só dat sy teen hom moet skuur. Hy gee haar 'n sagte drukkie op die skouer en glimlag teer.

"Adri, sussa, iemand klop aan die deur. Word wakker!" Daleen skop so 'n lawaai op dat sy vervaard orent spring en verwilderd met slaapnewels stoei.

"Wat, waar, by die deur? Laat ek deur die loergatjie kyk." Nog voordat sy die daad by die woord kon voeg, dawer daar wraggies weer 'n klop aan die voordeur.

Op haar tone, met Daleen wat letterlik agter aan haar hang, bekruip die twee voetjie vir voetjie die deur. Die geklop verander in 'n gehamer, hard en dringend.

"Wie op aarde is so angstig om binne te kom?" fluister sy met paniek in haar stem. Sy buk om deur die loergaatjie te sien, maar spring verskrik terug vir die onaardse geluide wat meteens uitbreek.

Sy en Daleen stamp mekaar uit die pad en storm gelyktydig na die deur wat hulle met die hoofhuis verbind.

Holdersteibolder vaar hulle die gang af, by die eerste deur wat halfoop staan, storm hulle in. Die kamer waar Bennet rustig balke saag.

Die boer droom dat hy soos van ouds vir die provinsie uitdraf, geduik en gerol word. 'Maggies ouens vir wat vat julle so hard, sjoe!' Hy is skielik wawydwakker, hy droom glad nie meer nie, geen rugby speler het sulke sagte e ... rondings nie.

Deur die harwar wat hom tref, is dit 'n stryd om die bedliggie se skakelaar te vind. Eindelik word dit verlig rondom die hele drama. Hy is vasgevang deur twee vroue lywe. Die een het koperrooi hare en die ander is 'n blondine en albei klou aan hom soos borrelgom.

"Wat de hel! Waarom val julle my aan in my eie kooi, en hou op gil! Ouma Belle is netnou wakker." Hy probeer homself loskry, maar die twee vroue is verstrengel om hom.

"Daar is 'n ding voor my deur, 'n tokkelossie of iets, hy probeer die deur afbreek," kom dit hygend uit. Adri se oë is groot en verskrik.

"Wat! Man daar is nie iets soos tokkelossies nie! Wag, laat ek gaan kyk." Hy bevry homself van die klouende hande, en gryp sy groot flitslig. Teen daardie tyd het die twee meisies hom elk aan 'n arm beet.

"Ek bly nie alleen hier nie!"

"Ek gaan saam!"

Met 'n sug beweeg Bennet gang af, sy aanhangsels op sleeptou. Hulle weier om te los. Om sy mond speel 'n glimlag, hy het 'n goeie spesmaas, of eintlik weet hy wat hier aan die gang is. Dit kan net die stoute klein Fiona wees wat ronddwaal.

Hierdie twee bangjanne gaan hul oë nie glo nie. Hy verlekker hom stilletjies daarin dat hulle baie verleë gaan wees wanneer hul die waarheid uitvind. Dat hulle so kon skrik vir 'n koue pampoen.

By die woonstel se voordeur gaan staan Bennet stil. "Staan opsy, dames, wat julle nou gaan sien, mag julle ontstel. Julle gaan hierdie gesig nooit vergeet nie. Sjuut, moet nie 'n geluid maak nie. Ons wil dit nie nog meer omkrap nie," sê hy geheimsinnig. Hy moet hard sluk om nie te lag toe hy die uitdrukking op die meisies se wasbleek gesigte sien nie.

"Fiona, is dit jy?" roep hy dringend by die deur sonder om dit oop te maak.

Die antwoord is nog 'n onaardse geluid.

Adri en Daleen spring terug tot teen die muur.

"Fiona, jy moenie so rondloop nie, gaan rus nou. Jy weet mos watter kant die grafte is. Hoe sê jy, liefie, wil jy my net sien, sal jy dan gaan? Goed, ek maak oop." Die monoloog wat hy voer kan voorwaar toekennings verwerf.

Die gille wat deur die vertrek sny, verdoof sy ore. Nuwe rekords van desibels word aangeteken.

Hy maak die deur dramaties stadig oop en loer kamstig effens om die hoek. "Staal julle self, meisies," roep hy na agter.

Die deur gaan met hulp van buite oop. 'n Stofjassie, skaars kniehoogte, forseer van die ander kant. In wil sy in! Daar is sweerlik 'n eetdingetjie hier binne te vinde.

"Kyk julle, ons gas, Fiona, die miniatuur donkie! Dis sy wat maar net wou kom naandsê. Is sy dan nie te fraai nie?" Hy staan terug sodat hulle die klein patroon deeglik kan aanskou.

Volmaan is sy geliefde klein donkie se tyd om amok te maak.

Die oomblik wat hulle weer normaal kan asem haal, kom die twee sussies huiwerig nader.

"Sowaar 'n donkie, hemel maar sy is klein. Sies, Bennet, jy kon ons gewaarsku het! Kyk, Daleen, is sy dan nie net te *cute* nie?"

Baie versigtig steek Daleen haar hand uit en streel die diertjie.

"Bennet, jy gaan nog betaal vir vanaand! Glo my, ons gaan jou terugkry." Adri kyk hom kamma-kwaai aan en Daleen knik haar kop in akkoord. Hulle sweer wraak. Die vervlakste mansmens het hulle darem alte sleg uitgevang.

Dan moet hulle maar saam met hom lag. Hulle kan nie betwis dat dit is 'n komiese situasie is nie. Die madam lyk dan boonop so onskuldig soos 'n engel. Waar sou Shrek wees? Sekerlik moet daar 'n Shrek wees?

* * * * * * * * * *

"Ja, Ouma, en hy verlekker hom daarin dat ons so op hol kon gaan en dit oor die kleine donkie. Dit was egter op daardie oomblik glad nie snaaks nie." Adri vertel in detail.

Ouma se lag borrel sommer nog 'n keer uit. Haar oë traan reeds. Sy het lanklaas so spontaan gelag. Hierdie meisies is voorwaar Kwikkiesdrif toe gestuur. Hier is sommer 'n vars briesie op die plaas.

"Skinder julle drie vroumense van my? Ek het mos niks verkeerds gedoen nie." Die bron van die gekekkel loer onskuldig om die kamerdeur. Ook maar versigtig. Hy besef dat hulle beslis 'n teenaanval gaan uitvoer. Hy sal moet fyn trap. Dit was egter die moeite werd.

Hy het nog al laggende gisteraand die klein rakker van 'n Fiona, skuur toe vergesel. "Nou bly jy soet by ou Shrek, jy kan nie die rooikop loop staan en verwilder nie, ek het planne met haar." Sy woorde met die toemaak van die kraalhek. Asof sy verstaan, het Fiona haar kop op en af beweeg.

Ouma sit baie gemaklik in haar leunstoel en die twee jong vroue op die klein rusbank. Elkeen gesellig met 'n koppie tee.

"My liewe Bennet, hoe kan jy die kinders so op hol jaag? Skaam vir jou. Jy en die dierbare Fiona is ewe onnutsig. Plaas sy by Shrek in die kampie bly," raas ouma met vonkelende oë.

46

"Ouma, ek kon my nie inhou nie, reken nou net dat 'n geleerde verpleegster wraggies kan val vir 'n tokkelossie en spookstorie! Hulle gesigte, Ouma, dit was uit die boeke." Hy wil net weer aan die lagte gaan, maar Adri se blitsende oë laat hom sy lag summier sluk.

"Koffie, Bennie, al verdien jy dit nie?" kom Sara ook haar eiertjie lê.

Hy neem die beker dankbaar by haar. Vroumense span definitief saam as hulle voel hul word te nagekom.

"Nee wag, nou *gang* julle op teen my, ek gee oor." Sy oë blink steeds ondeund.

"Jy moet weet, ons gaan jou terugkry, Bennie," waarsku Adri baie oortuigend. Die klem word gelê op 'Bennie.'

"Sjoe, maar is ek nou lui op hierdie Saterdagmiddag, die vars lug op die plaas is net so ontspannend." Daleen strek haarself uit.

"Ek sien jy is nou reg vir slaap, kom ons gaan loer eerder in by ons groot skrik van gisteraand." Adri trek haar suster op vanaf die knusse stoepstoel.

Met 'n gaap gee Daleen in.

Al geselsende stap hul tot by die miniatuur donkies se kamp.

"Genade, julle twee het 'n luukse lewe, kyk net, julle eie kamertjie vir die nagte en seker ook as dit kwaai winter is. Hallo, Fiona, jy het ons darem lelik laat skrik, hoor. Hierdie is seker jou ander helfte, middag Shrek," gesels Adri met die skattige diertjies. Sy kan nie glo dat sy hulle nog nie opgemerk het in die paar dae wat sy hier is nie, of dat Bennet nie 'n woord oor hulle gesê het nie.

Hulle kyk terug met effens vernoude langwerpige pupille. Shrek balk asof hy die groet beantwoord.

Hulle vertoef etlike minute daar en drentel dan weer terug na die huis.

"Ek gaan net vinnig loer of ouma Belle nog haar middagslapie geniet. Dan kan ons op die voorstoep sit. Die uitsig is so mooi van daar."

Terwyl sy na ouma gaan, bring Daleen die koffietrollie stoep toe. Alles is gereed soos Sara dit gelaat het. Die ketel moet net aangeskakel word. Onder 'n doekie is daar sjokolade bruintjies uitgepak.

Die gemaklike stoele met kussings, en welige plante omskep die stoep in 'n heerlike area waar mens net kan ontspan. Die skoon lug; vaagweg wonderlike geur van jasmyn en dalk lemoenbloeisels is genoeg om dit salig te maak.

"Ek kan duidelik sien dat jy gelukkig is hier. Die pragtige naam, Kwikkiesdrif, vertel sommer van rustigheid." Daleen lê haar hand op Adri se arm.

"Ek is net bang dat ek te verknog sal raak aan die plaas. Hierdie pos is slegs tydelik. Ouma Belle is nie iemand wat haar laat onderkry nie. Sy gaan sekerlik nie vir lank 'n versorger nodig hê nie. Nie een van ons weet wat die toekoms inhou nie. In die tussentyd geniet ek elke oomblik hier." Sy staar ver voor haar uit, absorbeer die skoonheid van die omgewing. Dit voel asof elke deeltjie van genot in haar bloed insypel. Vir nou is dit genoeg. Die tyd sal wel leer.

Hulle is totaal onbewus van Bennet wat op pad stoep toe is. Sonder dat hy beplan om hul af te luister, bereik hulle stemme hom. Hy kan nie help om eers te luister voordat hy sy teenwoordigheid verklap nie.

Ongenooid kom die vrae rondom die toekoms in hom ook nesskop. Hy wil glad nie hoor van, *wat as hierdie kontrak verstryk nie*? Tans is dinge net reg. Hy sou dit graag so wil hou. Sal dit moontlik wees? Wat is besig om in sy binneste te gebeur? Hy was doodtevrede om sy eie paadjie te stap. Nou kom allerhande begeertes hom treiter.

Sommer om homself beter te laat voel, en nie verder onnodige spoke op te jaag nie, maak hy impulsief 'n voorstel. "Middag, dames. Sal ons 'n vleisie op die kole gooi? Dit is gesellig om hier te braai." Hy beduie na die braai-area wat op die verste punt van die stoep aangebring is. Dit pas so netjies in by die res van die lieflik veranda.

"Die skemerte daal vinnig hier op Kwikkiesdrif. As ons lekker vroeg braai, kan ons daarna kaart speel. Behalwe as julle ander planne het?"

"Dit sal lekker wees, braaivleis is altyd 'n wenner. Ons twee kan braaibroodjies maak, Sara is mos af."

Daleen is dadelik opgewonde. "Natuurlik kan ons braaibroodjies gaan maak." Sy glimlag skeef, besluit impulsief om met haar ousus die draak te steek. "Adri is mos maar 'n regte huishen, nie eers 'n kêrel op die horison nie. Ek gaan sekerlik geseënd wees met 'n oujongnooi suster." Sy sug oordrewe en slaan haar oë op na die hemel.

"Dan moet ons vir haar 'n enkellopende boer soek, hier is 'n paar wewenaars wat mal sal wees oor haar," korswel hy. In werklikheid is dit die laaste ding wat hy wil doen. Daarvoor laat die rooikop hom net te veel drome droom. Sjoe, hy kry sommer warm.

"Dankie vir dit, maar ek gaan geen ou man gratis versorg nie. Dan bly ek liewers 'n onopgeëiste diamant," skerts sy saam.

Bennet fluit 'n ligte deuntjie terwyl hy die vuur aanpak. Hy kan dit nie verhelp nie, die lewenslus borrel in hom. Dit is lekker om saam met iemand te braai en geselskap te hê. Dit is boonop 'n riem onder die hart dat die twee meisies so spontaan en op hulle gemak is.

Op die ingewing van die oomblik verdwyn hy na sy kamer, met die terugkeer pryk sy kitaar in sy hande.

Adri draf gou na haar pasiënt, sy pof die kussings op en trek aan die lakens.

"Alles is nou reg hier, my liewe Adri, ek het niks meer nodig nie. Gaan geniet jou daar saam met die ander twee. Dit is so goed dat Bennet weer lus voel om 'n bietjie musiek te maak. My kleinseun het 'n besonderse mooi, musikale stem."

Adri glimlag stilweg. Die tante is in der waarheid so 'n tevrede en goedige mens. Om haar versorger te wees, is regtig meer plesier as wat dit enigsins harde werk is. Sy besef opnuut weer hoe bevoorreg sy is om hier op Kwikkiesdrif te werk. "Ouma moet net roep as daar iets is wat ek moet kom doen, dan kom ek dadelik."

Net toe sy buite kom, hoor sy die bewondering in Daleen se stem, toe dié hom prys nadat hy weer 'n skitterende vertolking van een van Elandré se gewilde liedjies gelewer het. "Bennet, jy sing baie goed, jy kon 'n ster geword het."

"Nee man, ek sing sommer vir die lekker so saam met die kitaar. As dit te stil raak hier oor 'n naweek, is dit maar ons twee vir geselskap," keer hy verleë, en trek dadelik weg met nog 'n gewilde Country liedjie.

Hoofstuk 5

"Vergewe my dat ek oorvat hier op julle stoep. Sondagaande is vir my altyd so weemoedig, veral wanneer Daleen terug koshuis toe is." Adri nestel in op een van die stoele. Vêraf kan sy dieregeluide hoor. Groen oë staar verlangend oor die werf uit. Die skemer kruip met lang vingers nader.

Vir 'n tydjie hang daar 'n gemaklike stilte. Slegs twee siele wat die rustigheid en Sondagmiddag-gevoel deel. Die twee Labradors het ook gemeenskaplik by hul mens kom neerplons.

Adri voel hoe haar ooglede swaar word, dit is so salig om net hier te sit. Sy spring op. "Kan ek vir jou ook koffie bring? As ek langer so rustig hier verkeer, sluimer ek dalk in."

Sy wag nie op Bennet se antwoord nie. Sy het in die kort rukkie wat sy hier is, geleer dat hy, net soos sy, nooit nee sê vir 'n koppie boeretroos nie.

Die middagmaal was vroeg genuttig, sodat Daleen betyds gereed kon wees vir die geleentheid terug koshuis toe. Adri neem die vrymoedigheid en pak vir haar en Bennet elk 'n toebroodjie met koue vleis en mosterd. Saam met die koffie dra sy dit stoep toe.

Hy is dadelik op sy voete, neem die skinkbord by haar en plaas dit op 'n tafel, binne albei se bereik.

"Goeie plan, ek het juis nog so klein hongergaatjie wat al hoe groter word." Met oorgawe slaan hy sy sterk wit tande weg in die broodjie.

"Ouma wil vanaand net tee hê, maar ek sal nogtans 'n marmite roosterbroodjie vir haar neem," kom dit mymerend van Adri.

"Hoe kan ek die Vader genoeg dank dat jy op ons pad gekom het, Adri? Ek waardeer werklik jou deernis en opregte omgee vir my ouma." Hy leun vorentoe en lê sy hand oor hare.

"Ek doen dit met die grootste liefde, Bennet, en buitendien is jou ouma 'n model pasiënt."

Hy knik sy kop, staar dan in die verte. "Ek wil jou insae hê oor 'n saak." Hy kou 'n oomblik aan sy onderlip. "Die Departement van Gesondheid het my 'n aanbod gemaak. Hulle beoog om 'n kliniek hier op te rig vir die plaaslike gemeenskap. Daar sal geen finansiële las op my wees nie. Ek sal basies net die grond tot hulle beskikking stel. Daarby word ek 'n bedrag vir huur betaal. Dit sal 'n gawe meevallertjie wees."

Hy hou haar reaksie fyn dop, en word dan ook nie teleurgestel nie.

Onmiddellik sit sy orent, haar kykers vonkel terwyl sy opgewek uitroep, "Ek kan my ore nie glo nie! Wat 'n geleentheid! Dit is 'n wonderlike inisiatief. Die moontlikhede is legio: inentings, gesinsbeplanning, voorgeboortelike sorg, my lys kan aan en aan gaan," rammel sy, sonder om asem te skep. "Dit is binne jou vermoë om mense se lewens totaal te verander en te verbeter. Boonop sal dit vir jou ook geweldig baie beteken om in die Departement se goeie boekies te wees. Die dorpsklinieke en dié in die informele nedersettings kan eenvoudig net nie die lading baasraak nie. Soveel mense glip deur die sisteem." Haar passie weerklink in haar stem en haar entoesiasme is niks minder as oorweldigend nie.

"Ek sien jy sal beslis 'n ambassadeur van hierdie projek wees. Jy sal sweerlik enige mens kan oorreed om ys in die winter te koop. Jy gee my egter presies die antwoord wat ek wou gehad het." Hy lag goedig. "Maar, suster Adri, ek gaan jou beslis nodig hê. Ek het jou CV weer onder oë gehad. Met al jou kwalifikasies en ondervinding kan jy hierdie idee vlerke gee. Ons kan jou aanstelling hier permanent maak en iemand anders kry wat direk onder jou toesig na ouma Belle kan omsien." Hy is nou ewe entoesiasties. Dit gaan alles tot sy voordeel uitwerk. Op meer as een gebied, wat hy nie nou al met haar kan bespreek nie. Hierdie pragtige vrou is nog baie skugter. Vir haar moet hy met handskoene hanteer.

Haar stem ruk hom terug uit sy gedagtegang. "Hierdie klink soos 'n droom, ek sal so graag betrokke wil wees, dis baanbrekerswerk waarvan ons nou praat. Hemel, kyk hoe verander jy nou my hele weemoedige gemoed in pure opwinding. Ons moet nou net nie die kar voor die perde span nie." Sy is super opgewonde, maar wil nie te voortvarend klink nie. Hierdie is presies wat sy nog altyd wou doen. Die minderbevoorregtes help. 'n Frons verskyn op haar voorkop en sy kou aan haar duimnael. "Sal die Departement nie dalk hul eie personeel aanstel nie?"

"Uit die aard van die saak, ja, maar ek sal op die raad dien, en ook deel van die logistieke beplanning wees. Maar jy het die agtergrond en kennis, sonder jou, sal hulle my enigiets wysmaak. Saam kan ons insae net waardevol wees. Buitendien, jy gaan deel van Kwikkiesdrif wees."

Sy woorde bring 'n aangename roering in haar binneste. Hy wil haar hier op Kwikkiesdrif hou, en al hoef hy dit nie nou al te weet nie, wil sy net so graag hier bly.

Later, terwyl hy alles oordink, kom sy eie woorde weer by hom op. 'Sy gaan deel van Kwikkiesdrif wees.' Loop hy die toekoms vooruit, of is daar iets in die sterre geskryf? Sy hart galop teen die tempo van 'n jong hings.

Sy voete vind hul weg na sy ouma se kamer en hy lig haar in van die verwikkelinge.

"Briljant, Bennet, jy maak my trots. Ek het geweet jy sal nie 'n muur om jou kan bou met hierdie mooi vrou in die omtrek nie. Die Vader het my ongeluk gebruik om die toekoms te verseël. Sy werke bly maar wonderbaarlik. Alles vooruit bepaal."

'n Sagte glimlag speel om sy mond. Dit is goed om ouma so gelukkig te sien. Hy was so bevrees dat die val haar baie negatief sou maak, maar nou kan hy sien dat sy die vermoë het om altyd die blinkkant raak te sien. Wat 'n voorbeeld vir almal is die dierbare mens tog nie.

"Die kliniek gaan groot dinge bring, Ouma, die mense van ons omgewing kan net voordeel trek. Die klinieke op die dorp het lang wag-rye en ambulansdienste werk nie meer vlot nie. Van die sogenaamde mobiele klinieke, praat ek nie eers nie. Hulle het nou 'n stryd om diens te lewer."

"Basta die kliniek, jy weet goed ek bedoel veel meer as dit. Jy het fyn beplan. Die meetsnoere val in plek vir jou. Adri gaan onbepaald op Kwikkiesdrif bly."

"Hokaai, my liewe ouma, jy is oorywerig. Kyk net hoe flikker die liggies in jou kop." Hy streel oor haar sagte hare. Sy ken hom net te goed.

Adri gaan maak vir oulaas 'n draai by haar pasiënt voor sy na haar woonstel verdwyn om te gaan slaap.

"My kind, Bennet vertel my die goeie nuus. Opwindende tye wag op Kwikkiesdrif, en wie beter as jy om dit te help van die grond kry?" Ouma se fyn, oumens handjie vou om hare. Sy het in 'n kort tydjie baie geheg geraak aan die rooikop.

"Ek belowe dat ek ouma nooit sal afskeep nie, ouma sal altyd my eerste prioriteit wees. Buitendien, daar gaan nog baie water in die see loop voordat alles in volle werking sal wees. Ondertussen is ek werklik geseënd. Om by julle op Kwikkiesdrif te wees, is net te wonderlik."

* * * * * * * * * *

Die nuus dat daar 'n gekwalifiseer suster op Kwikkiesdrif is, versprei soos 'n veldbrand. Dit is dan ook geen verrassing dat daar meteens mense kom aanklop vir hulp nie.

Adri sit by haar pasiënt en gesels toe Sara binnekom. "Suster," sy verskuif haar blik haastig van Adri na die bejaarde, "Verskoon tog, ouma Belle, maar hier is 'n swanger vroutjie van die buurplaas wat suster soek."

"'n Swanger vrou nogal? Sy moet seker 'n probleem hê as sy na ons kom." Adri staan vinnig op. Gelukkig is sy klaar met ouma se oggendroetine en versorging.

By die buitedeur tref sy 'n hoog swanger vrou op 'n stoel aan. "Mens, wat is fout, het jy kontraksies?"

Sy gee haar een kyk en draai dan haar gesig na Sara. "Kom, laat ons haar na ouma Belle se naaldwerkkamer neem. Daar is 'n enkelbed."

Die besoeker kom orent en hou haar rug vas.

"Hierlangs," sê Sara en help haar tot by die leë kamer langsaan die kombuis. "Ouma sal nie omgee as Suster hier na haar kyk nie."

Sy glimlag gerusstellend. "Kom, lê so bietjie op die bed ..."

"My naam is Mieta, Suster, Mieta Vaaltyn."

"Nou, Mieta, lê jy nou net rustig hier. Sara, in my woonstel staan my verpleegsterstas, bring dit asseblief vir my."

Sara is maar net te gretig om hulp te verleen. Sy skarrel gang af.

Adri trek 'n ligte kombers oor Mieta se bene. Sy laat haar hande oor die vrou se buik gaan terwyl sy die nodige inligting bekom.

Sara kom binne gedraf en plaas die tas op die tafel waar Adri dit oopknip.

Sy staar grootoog na die inhoud van die tas. "Suster, jy het omtrent alles hierin wat mens kan nodig kry om enige noodgeval te hanteer!"

Sy knik haar kop, trots daarop dat sy altyd haar noodhulptas gereed en volledig het vir enige voorval.

"Ek is al so nuuskierig om te hoor wat gebeur het, Adri, is alles wel met die swanger vroutjie?" Ouma beur orent, die gesiggie vol afwagting.

Sara reageer snel, "Ouma, jy moes gesien het hoedat suster Adri met haar werk. In daardie tas van haar is net mooi alles."

Adri glimlag net. "Sy is gelukkig nie in kraam nie, maar haar bloeddruk is te hoog. Sy hoort in die hospitaal waar hulle haar die heeltyd kan monitor. Ek het die ambulans ontbied. Sy rus nou. Haar ma sal gou haar goedjies bring voor die ambulans opdaag."

"Jy het goed gedoen." Ouma lyk beïndruk.

Sy sug. "Vandag het dit duidelik geword van watter onskatbare waarde die kliniek gaan wees.

Mieta moes voorgeboorteklasse bygewoon het. Sodoende sou haar verhoogde bloeddruk vroegtydig behandel kon word. Ongelukkig moes sy baie vroeg soggens al by die kliniek op die dorp wees daarvoor, en wel, dit werk net nie altyd so uit nie."

* * * * * * * * * *

Adri het haarself misgis om te glo dat dinge stadig in plek sal val. Die Departement het die kans aangegryp en die wiel aan die rol gesit. Reeds die volgende week word daar met die werkery begin. Die area wat vir die kliniek geïdentifiseer is, is gelukkig naby aan die pad en ver genoeg van die herehuis. Daar behoort geen lawaai of steuring die huismense te bereik nie.

Bennet word genoodsaak om 'n tydelike struktuur op te rig. Die mense in nood het Adri ontdek en al hoe meer siekes of beseerdes kom klop aan vir mediese hulp.

Baie versigtig om nie enige regulasies te oortree nie, verleen sy slegs primêre sorg en verwys dan die pasiënte na die dorpskliniek.

Die Departement is maar net te dankbaar dat sy die reeds oorlaaide sisteem kan ondersteun.

Sy en Bennet kom ooreen dat hy dadelik iemand moet aanstel om te help met die versorging van ouma. Dit kan nie tot later uitgestel word nie. Hulle kan nie die kans waag dat ouma alleen is wanneer sy ander pasiënte moet hanteer nie.

Sara, wat van alles weet wat op die plaas gebeur, bring dit onder Adri se aandag dat hulle nie ver hoef te soek vir 'n kandidaat nie, want sy weet van iemand wat matriek voltooi het en steeds werkloos is. "Haar naam is Tessie."

Adri gee haar 'n spontane drukkie. "Ek is so dankbaar vir Tessie, Sara. Sal jy asseblief kan reël dat sy kom dat ek met haar kan gesels?"

"Natuurlik!"

Die jong dame daag spoedig op vir haar gesprek met Adri. Tevrede dat daar groot potensiaal in die meisie skuil, neem sy Tessie om ouma Belle te ontmoet. Dié en ouma Belle vind dadelik aanklank met mekaar.

Tessie begin met basiese verpleegsorg onder Adri se toesig. Sy toon soveel natuurlike talent. Die jong meisie kry terselfdertyd hoop vir die toekoms. Sy sal dalk haar vleuels kan sprei, verpleegopleiding kry en dan, soos suster Adri, eendag 'n verpleegsuster wees.

* * * * * * * * *

"Ousus, elke naweek wat ek kom, is die vordering opmerklik. Hulle woel, nè?" Daleen betrag die gebou wat opgerig word saam met Adri. Dit word meer omvattend as wat sy ooit kon dink.

"Dit is vir my so verblydend dat die kontrakteurs my insae van waarde ag. Hoe gering ook al. Kan jy glo hulle gaan verblyf vir so twee personeellede ook oprig? Hier wag nog groot dinge op Kwikkiesdrif. Baanbrekerswerk. Moontlik kan sulke projekte op meer plekke begin." Die opgewondenheid en vooruitsig is duidelik op Adri se gesig.

Daleen gee haar sussie 'n druk. "Die son skyn weer, nè? Na al die pyn en hartseer. Jy verdien elke oomblik van hierdie vreugde."

Vir 'n oomblik flits die gebeure wat sy so graag wil vergeet, voor Adri verby. *'n Slag. Metaal wat skeur, glas wat breek. Afskuwelike geluide wat deur murg en been sny. Gille. "My kind, stadig, stadig ..."*

Sy ruk haar gedagtes doelbewus los. "Ek is jammer, ek is natuurlik gelukkig hier, maar ek sal nooit vir Mamma en Pappa vergeet nie, die ongeluk..."

Vir 'n oomblik leun Adri teen Daleen se skouer; die aanraking vertroostend. Daleen is sportief, haar jong liggaam is gespierd. Adri sidder en sluk die trane weg. Sy kan nie toelaat dat emosies haar oorweldig nie. Sy het nog vir Daleen. Haar kosbare sussie.

"Ek vra nie eers hoe dit hierdie week met jou netbal gegaan het nie?" Sy kyk na Daleen, dankbaar dat hulle nog altyd mekaar se lief en leed kon deel. Dankbaar dat Daleen haar nooit verwyt het vir hul ouers se afsterwe nie, waarskynlik omdat sy nooit die volle waarheid gehoor het nie, maar nogtans...

"Ons afrigter is bietjie flou. Beslis nie so goed as wat juffrou Mientjie was nie. Te verstane is die span dan ook nie so gemotiveerd nie. Maar ag, dalk raak dit beter."

61

Adri voel 'n stekie van berou. Sy was genoodsaak om in 'n kort tydperk twee maal vir Daleen van skool te verskuif. Dit het 'n slegte invloed op haar sportloopbaan meegebring. Hopelik sal sy nou haar matriekjaar hier kan deursien. Dit bring groot gemoedsrus. Kwikkiesdrif het hulle werklik hartlik ontvang. Hier gaan nog baie dinge gebeur, is reeds besig om te gebeur. Moontlikhede is ontelbaar.

Sy gooi die weemoed van haar af, gryp Daleen se hand en huppel saam met haar in die huis se rigting. Sy gaan nie toelaat dat spoke van die verlede hulle dag bederf nie. "Kom, ons moet gaan, Sara het sjokoladekoek gebak."

"Hier sal ons nog pokkelinas word. Oppas, hier kom die *terrible twins* ook aan."

Die twee miniatuur donkies kom met 'n stofstreep aangehardloop. Shrek bokspring stuitig en Fiona stamp-stamp aan Daleen. Net so goed as om te vra, 'waar is my wortels?' Die twee vierbeen bedorwe brokkies neem die voortou kombuisdeur toe.

"O, ek moet werk en julle klompie kuier hier in die kombuis. Ouma Belle, hier sit jy ook ewe gesellig, maar dis goed. Gaan ek darem ook koffie kry?" Dit is vir Bennet verblywend om sy ouma so tevrede en gemaklik daar aan te tref. Hy besef weereens dat die dag wat Adri en Daleen oor hulle pad gekom het, voorwaar 'n seëning was. Hy kan hulle opregtheid aanvoel, hulle gee om vir sy ouma. Daar is 'n lied in sy hart. Alhoewel Tessie die versorging van ouma hanteer wanneer Adri andersins besig is, skeep Adri haar verantwoordelikheid rondom ouma glad nie af nie.

Terwyl hulle koffie drink en die heerlike koek geniet, hang die twee kostelike donkies oor die onderdeur van die kombuis. Gelukkig kon Adri dit gou genoeg toemaak voor die twee karnallies kon inglip. As dit nie daarvoor was nie, sou hulle sweerlik ook langs die tafel gestaan het. Die twee paar bruin ogies mis niks nie. Hulle is so skattig met hul behaarde gesiggies en langwerpige pupille. Gulsig kou hulle aan die sappige wortels wat Sara vir hul uit die groenterak gehaal het. Behaaglikheid leesbaar op die eselgesiggies.

"Bennet, verbeel ek my, of word Fiona 'n bietjie breed om die lyf?" Ouma punt met haar wysvinger na die deur se rigting.

"Wraggies, mens kan sien ouma het nog lank nie die slag van 'n boervrou verloor nie. Nou dat ouma dit noem, sy is sweerlik dragtig." Hy loop nader en Fiona skuil byna ingetoë agter haar hings.

Asof dié hulle onoplettendheid uitlag, balk die trotse Shrek luid. Natuurlik gaan hy pa word!

"Ek sal Maandag die veearts laat kom, hy kan 'n sonar op haar kom doen. Ai, dit gaan nou vir jou 'n ding wees. Ek kan nie wag nie." Hy is kinderlik opgewonde.

"Hoe lank is donkies normaalweg dragtig?" wil Adri weet.

"Ek skat so twaalf maande. Dit is die eerste keer dat Kwikkiesdrif sulke karnallies aanhou. Siestog, hulle het dit ook nie altyd maklik gehad nie." Hy vertel hoe iemand die tweetjies vir troeteldiere aangeskaf het, maar nie die nodige sorg gegee het nie. Hy wei uit hoe hy een aand van 'n vergadering gekom het en die tweetjies langs die pad sien stap het in die koue en reën.

"Ek het dadelik stilgehou. Hulle het beteuterd nader gekom en ek het hulle op die bakkie gelaai. Was hulle nou bly vir die warm skuur en hooi. En hier het hulle gebly."

Daleen se trane vloei vrylik.

Adri vroetel met 'n snesie en vra in 'n hees stem, "Het die eienaars jou nie probleme gegee nie?"

"Nee wat, ek het hulle betaal en toe gewaarsku dat ek 'n lid van die Dierebeskermingsvereniging is. Sedertdien is hulle Kwikkiesdrif se *terrible two*." Hy staan steeds by die twee donkies. Die manier waarop hy hulle koppe vryf, en húlle liefdevol teen sy hande skuur, vertel van die hegte band wat tussen mens en dier bestaan.

Adri voel 'n warm soetigheid in haar hart saam spoel. Hierdie man, hierdie aantreklike, plat op die aarde boer, is besig om haar onversteurbaarheid om te dolwe.

Hoofstuk 6

Tyd vlieg teen die spoed van witlig. Die naweek is reeds weer lankal verby en die oprigting van die kliniek vorder met rasse skrede. Adri en Bennet werk nou saam met die afgevaardigde van die Departement. Beplanning en bestellings vir die nodige toerusting word noukeurig uitgevoer.

"Is dit nie te lekker om aankope te doen waarvoor jy nie hoef te betaal nie? Kyk net hierdie ondersoekbank, hy kan kantel volgens die pasiënt se behoeftes. Hierdie kraaminstrumente is ook so modern. Ai, Bennet, hierdie is waarlik 'n vlagskip onderneming. Ek is so geseënd om deel daarvan te wees."

Hy glimlag vir haar. 'n Kind by 'n Kersboom, dit is hoe sy is.

Die lig van die lamp waar hulle werk, tower koper vonke uit haar hare. Die blink in haar oë kan nie misgekyk word nie. Adri is voorwaar 'n seldsame vrou. Sy kruip al hoe dieper in sy hart.

Die stemmetjie in sy agterkop probeer nog verbete protes aanteken. *Jy beter jouself regruk*

Bennet, jy begewe jou nou in 'n land waar jy nie weer wou wei nie. Sweer af die begeertes. Haar aangename geur wat na jou neus sweef, wat jou nou soos 'n boklam wil laat drade spring – wat gaan aan? Die ontroerende nuanse in haar stem, word doof daarvoor. Agatha was immers meer as genoeg om jou te genees.

* * * * * * * * * *

Na ontbyt is Adri besig om ouma se naels te versorg. Die son skyn nog gesellig, maar die geniepsige windjie herinner hulle daaraan dat winter op pad is. Die twee gesels oor alles en nog wat.

Ouma is nostalgies vanoggend en deel met Adri van haar lewe op die plaas. Sy vertel van Bennet se ouers. Hoe sy en Sara moes oorneem nadat sy moeder oorlede is. Hy was nog baie jonk. Hoe haar afsterwe die jong pa se lewenslus gesteel het. Dat daar sterk vermoedens was dat die trekkerongeluk wat sy lewe geneem het, nie heeltemal 'n ongeluk was nie.

"Ouma Belle, hier het 'n kar gestop, en jy wil nie weet wie dit is nie!" Sara is kortasem toe sy die kamer binnestorm en die gesprek onderbreek. Sy antwoord sommer self. "Dis sy, dis daardie juffrou Agatha-mens!" Dit neem nie veel om te besef dat Sara glad nie ooghare vir die kuiergas het nie.

"Ag nee, hoe het sy dan nou weer hier uitgespoel, juis nou?" Ontsteltenis laat ouma Belle se stemtoon styg.

Sara storm na die venster waar sy die aankomeling duidelik kan sien.

Adri kan nie haar nuuskierigheid beteuel nie. Sy sluit by Sara aan en hulle loer soos twee konkelaars deur die kantgordyne.

Die ellelange blondine is besig om uit 'n baie klein sportmotortjie te rank. Haar slanke bene is op die hoogste hakke ooit gebalanseer. Platinum wit hare pryk op haar kop. Daar is verskeie lae grimering aangewend, dit kan behoorlik afgekrap word.

"Suster Adri, hoe kry vroumense op daardie hakke geloop?" hyg Sara by haar oor. "En hoe sit mens as jy so korte rokkie aan het, *bless my soul!*"

"Dit is een van die wonders wat ek ook nog nooit kon verstaan nie, maar wie is die amasone? Sy is op 'n missie, lyk dit vir my."

"Sy, sy is net moeilikheid. Ek beter vir Bennie gaan soek, hy sal moet keer. Sy mag nie 'n kans gegee word om hier tuis te raak nie." Sara trek al om die hoek terwyl haar stem volg.

Binne oomblikke is Adri kort op haar hakke.

Buite gee Sara nie geleentheid vir enige vrae nie. Sy laat spat op haar soektog na die baas van die plaas. Die laaste woord wat nog in die wind aangesweef kom, is, "rottegif".

"Vervlaks, Sara, nou los jy my net hier en die blondine is sterk op pad na my toe," brom Adri.

Onmoontlike hoë hakke of te nie, die besoeker bereik haar in rekordtyd. Haar spoggerige sonbril word met 'n bleek hand met geverfde naels oor die hare gestoot. Duidelik kom die wit maanhare uit 'n bottel. Adri merk binne sekondes op dat heelwat aan die glansryke dame nie van natuurlike oorsprong is nie. Baie silikoon en genoeg botoks.

"Ek neem aan jy is die hulp vir ouma Belle. Kry iemand vir my bagasie, en roep vir Bennet." Pure arrogansie straal uit die vrou. Duidelik verwerdig sy haar nie om tot die werkersklas te daal nie. Haar neus sit behoorlik tussen haar wenkbroue.

Adri kyk haar stil aan. Sy verlustig haar daarin dat sy sonder twyfel die langbeen se bloeddruk verder opjaag.

"Goeiemiddag. Wie sal ek sê is hier om my pasiënt te besoek? Ons verwag nie enige kuiergaste nie. Terloops, ek is verpleegsuster Langeveldt. Sara het vir Bennet gaan roep..."

'n Onvroulike snork gly oor die vrou se lippe. "Ek is nie 'n gas nie, ek is Bennet se verloofde, Agatha du Pont."

Adri doen alles binne haar vermoë om nie te laat deurskemer dat dié nuus haar onverwags tref nie. "Goed, dan laat ek jou in Sara se hande, hier kom sy nou net."

"Meneer Bennet is op pad, Juffrou," kom dit uitasem. Sy wend geen poging aan om haar misnoeë in die blondine te versteek nie.

"Ek kom oorbly, laat my tasse indra." Die rooi gepleisterde lippe beweeg skaars terwyl sy die woorde sis.

"Juffrou, ons is nie nou gereed vir gaste nie." Sy beweeg nie 'n arts om die bevele uit te voer nie.

"Maar my ... A! Bennet-skat!" Aanstellerigheid drup soos boomgom.

Adri draai in haar spore om en stap met 'n stywe pas die huis binne. Haastig om weg te kom. Sy wil beslis nie sien wat tussen hom en sy verloofde gebeur nie.

"Adri, en nou, as jy so afgehaal lyk, is dit toe Agatha wat gekom het?" Ouma lyk bekommerd.

Sy sak in die naaste stoel neer. Sy is nou so verward. Bennet. Verloof? Sy trek haar vingers deur haar sysagte hare. "Agatha du Pont, Bennet se verloofde," kom dit uiteindelik oor haar droë lippe.

"Verloofde, my voet, daardie merrie! Ek het gedink ons is ontslae van haar!" Die flitsende blou oë, net 'n skakering ligter as dié van haar kleinseun, voorspel niks goeds nie.

Minute later spat die klippertjies oor die werf. Die sportmotor se wiele beweeg gevaarlik vinnig. Spoedig is daar net 'n stofstreep sigbaar.

In ouma se slaapkamer word daar asem opgehou, drie paar oë hou die deur angstig dop.

Swaar voetstappe nader die vertrek. Die man wat in die deur verskyn, saai gemengde gevoelens uit. Hy lyk ingenome soos 'n bul wat die stryd gewen het, maar verklap niks verder nie.

"Bennie, waar is jou verloofde dan nou so vinnig heen?" Ouma se wenkbroue is hoog teen haar voorkop opgetrek.

Adri wil dieselfde weet, en Sara ook.

"Ouma moenie nog begin nie! Hierdie twee mooiweersvriende los my toe heeltemal alleen met Cruella. Gelukkig het my ouma nie bang manne grootgemaak nie. Daardie blondine gaan ons beslis nie gou weer vereer met 'n besoek nie."

"Vertel! Wat is haar storie?" dring ouma aan. Haar wange gloei rooi en haar oë blink in afwagting.

"Sy het weer begin met haar holruggeryde storie dat ek haar kwansuis sou vra om te trou. Verbeel jou, nadat ons slegs 'n paar keer uitgegaan het. Asof ek ooit so 'n silikoonpop as vrou sou wou hê. Sy wil dolgraag die septer hier kom swaai. Wel, as sy nie nou die boodskap kry nie, dan weet ek nie. Ek het haar van haar eie medisyne gegee. Ek het haar vertel dat my liefdeslewe vinnig momentum gekry het." Hy bly stil, laat die afwagting opbou.

Die blou oë is pure onskuld en word op Adri gevestig toe hy voortgaan, "Ek en die lieflike verpleegsuster, Adri, wat na ouma omsien, het halsoorkop verlief geraak."

Sy trek haar asem sidderend in. Sy kan haar ore nie glo nie. Wat het hy gedoen!

"Wie op hierdie plaas gaan dit betwis? Toe, kom, ek wag." Hy kyk kordaat rond. Hy moet sy arrogansie nou tot sy voordeel gebruik.

Terwyl Adri nog hap na lug, en Ouma en Sara gemeensaam swyg, verlaat hy laggend die vertrek. Onwillekeurig kyk hy vinnig oor sy skouer. 'n Man weet nooit wat kan 'n rooikop agter jou rug aanvang nie. Boonop moet hy erken, hy het nou behoorlik die kat in die duiwehok losgelaat.

Stilte daal in die kamer.

Ouma vroetel met 'n sneesdoekie en Sara maak luid keelskoon.

Adri begin heen en weer in die kamer loop. Sy wil praat, maar dis asof sy die woorde nie oor haar lippe kan kry nie. Uiteindelik kry sy haar stem terug. "Ouma, hy sou nie regtig nie, sou hy? Ek meen, die vrou kan mos nou oral loop en stories vertel."

"Ek is bevrees dit is presies wat hy sou doen. Kom ons hoop net die doel heilige die middele. Agatha is 'n ander klein merrie. Sy het ons al 'n moeilike tyd op ons eie werf kom gee. Bennie is so keelvol vir haar leuens, ek glo hy sou so iets kwytraak." Ouma sit met 'n baie sedige gesig.

"Ek sal te bang wees om my gesig in die dorp te wys, die mense sal 'n lang storie hiervan maak." Sy is ontwrig. Die wind is behoorlik uit haar seile geneem.

Bennet stap al laggend weg. Ben en Bapsie is onmiddellik by. Hul sterte waai vrolik terwyl hulle vooruit draf na die driffie.

Die water kabbel lui oor die klippies. Kwikkiesdrif smag na reën. Gewoonlik bruis en skuim die water baie sterker deur tot in die spruit. Sy oë tuur in die verte, daar verskyn tog belowende koolkoppies op die horison.

Die oggend se gebeure is nog so vars in sy gedagtes. Agatha se koms was 'n totale verrassing, daarby glad nie 'n aangename een nie. Hy kan steeds nie glo dat hy hom destyds so deur haar laat vang het nie. Haar besoek het hom benoud om die keel laat voel. Sy is soos 'n taai stuk toffie wat jy nie maklik afgekou kry nie.

"Bennet, my engel, ek het só na jou verlang. Na jou en ouma. Ag, sê jy het my ook bietjie gemis? Hmm? Ek kom so rukkie kuier. Is dit nie die beste nuus ooit nie?" Agatha het behoorlik oor hom gekwyl en hy kon sweer sy groei tentakels met ellelange naels wat sy om hom wil knoop.

Terwyl hy haar arms wegstoot, moes hy homself keer om nie onbeskof te wees nie, al vul sy hom met weersin.

"Agatha, jy lyk goed. Ek het jou egter nie hier verwag nie. Ongelukkig kan jy nie oorbly nie. Jy het seker gehoor van my ouma se besering? Dit het alles gelei dat ek eindelik my droomvrou ontmoet het. Die pragtige suster wat na ouma omsien, Adri. Wel, ons is dolverlief. My ring pryk reeds aan haar vinger. Ons is sommer haastig om die knoop deur te haak." Hy het die pap dik aangemaak. Sy toneelspel was skitterend.

Haar mond het oopgeval, haar oë kristalle wat pyle skiet. Die grimering op haar gesig het gedreig om te kraak. "'n Nurse! Jy verkies die flerrie van 'n *nurse* in my plek! Ek kan nie glo wat ek hoor nie!" Die spoeg het saam met die woorde uitgespat. Toe stamp sy haar hakke in die grond, staan nog 'n rukkie en snork uiters onvroulik deur haar neus.

"Ek sal haar kry, hoor jy my! Sy sal nog spyt wees dat sy my man wil steel!" Met die omvlieg en terughardloop na haar motor, het sy byna haar balans verloor op 'n klippie wat onder haar hak beland het. Die skoene is beslis hul prys werd, want dit het daarin geslaag om die sissende slang nogtans tot by die motor te dra.

Die stofwolk waarin sy hom agtergelaat het, was deur die ligte briesie weggesweef. Hy het die stof van sy hoed dankbaar teen sy been afgeslaan.

Hy trek sy asem diep in en blaas dit stadig uit. Hy besef baie goed dat hy 'n groot stuk afgebyt het in sy desperaatheid om Agatha weg te kry. Adri gaan nie sommer verlief neem hiermee nie. Haar pragtige gesig met blitsende groen kykers sweef voor hom verby.

Hy droom al hoe meer oor haar. Sy kan immers geen man onaangeraak laat nie. Boonop straal integriteit en inbors uit haar. Dit is waarvan hy in sy haas vergeet het. Sy gaan hierdie nie as 'n grappie afmaak nie.

Soms kan hy die hartseer sien wat diep in haar lê. Pyn wat sy nog nie verwerk het nie. Hy smag om haar te kon help daarmee. Dit is egter nog te gou. Die akkers wat hy sal moet omspit, lê nog uitgestrek voor. Sy gaan hom definitief laat sweet.

Skrikkerig vir die ontvangs wat daar op hom by die huis wag, bly hy liefs heeldag besig buite.

Ook maar 'n wyse besluit van sy kant, want Adri trippel op en af, haar geduld op sy einde. Die feit dat sy die bron van haar argwaan nie kan bykom nie, frustreer haar des te meer.

Haar selfoon lui. Daleen se naam verskyn op die skermpie. Sy kry die gevoel dat hierdie oproep glad nie gaan help om haar bui te verbeter nie. Met 'n sug neem sy die oproep.

"Daleen, wat is fout, waarom skakel jy in skooltyd?" Sy is opeens angstig. Selfone by die skool is slegs vir uiterste noodgevalle.

"Nee, niks is fout nie. Ek het egter die raarste storie by mevrou Cillie van die hoof se kantoor gehoor. Dié het vir Diena by die snoepie vertel dat my suster die hubaarste boer in die distrik aangekeer het. Is dit waar? Dit is mos wonderlike nuus! Waarom het jy my niks vertel nie?"

Terwyl Adri nog na woorde soek, skel die skoolklok luid en Daleen beëindig die gesprek summier. "*Bye*, sus, ek moet gaan. Baie geluk aan julle twee. Praat weer."

Adri hap verleë in die lug, storm dan terug na ouma Belle se kamer. "Bennie van Kwikkiesdrif, ek kan nie langer wag nie! Jy sal nou moet antwoord! Sara, asseblief, hou oog oor ouma. Ek moet daardie mansmens in die hande kry! Voordat my rooi hare vlamvat."

Ouma Belle en Sara gee mekaar grootoogkyke. Hulle Bennie is diep in die moeilikheid. Dit is vir seker. Hulle hoop net daar sal nie bloedvergieting plaasvind nie.

Adri kom by die motorhuis tot stilstand. Vir 'n perd sien sy nog nie kans nie en boonop gaan dit te lank neem om die dier nog op te saal ook. Hier, reg voor haar, staan 'n vierwieler, nogal gerieflik met sy sleutel in – hiervoor sien sy wel kans.

'n Rooikop, so kwaai soos 'n ratel, op 'n brullende gevaarte, is voorwaar 'n spektakel om te sien. Tot Shrek en Fiona loer oor die kampie se heining. Dan loer hulle weer benoud na mekaar.

Bennet is besig om grenslyne na te gaan. Die dreuning wat die vierwieler vooruit gaan, hou niks goed in nie. Genade, wat nou? Wragtig, dit is Adri en sy jaag asof die duiwel agter haar sit. Sal hy op sy perd spring en die hasepad kies, of moet hy sy man staan? Wel, hy is 'n man, nie 'n muis nie.

Met 'n hik wat haar byna van die voertuig afgooi, trap sy rem. Sy spring af en storm op hom af. Op daardie oomblik is sy 'n getroue afbeelding van *Annie Get Your Gun*.

"Jy! Jy, jou maaifoedie! Dit lê reeds die hele skool vol dat ons verloof is! Hoe gaan ons dit regstel? Hoe leer ek Daleen dat lieg verkeerd is, as jy sulke twak verkondig?" Elke woord word beklemtoon, en sy gee hom 'n geniepsige vuishou op die borskas.

"Hokaai, jou rooikopmerrie, jy slaan mos seer, magtie!" met dié woorde gryp hy haar polse vas.

Sy spook en spartel en die ondeurdagte woorde trek soos missiele deur haar rooi lippe. "Jy sal wragtig met my trou om my eer te herstel, ek belowe jou dit!" Hy kry sommer nog 'n hou toe sy haar hande losgewoel het uit sy greep.

Blou oë kyk geamuseerd in kwaai groenes. Hy verkyk hom aan haar aarbeirooi lippe wat blink terwyl sy stoom afblaas.

"Natuurlik sal ek. Dankie dat jy vra." Ook hy spreek woorde wat hy glad nie deurdink nie.

Hoe dit gebeur het, weet hy nie werklik nie, maar sy kop beweeg al hoe nader. Hy hoor lankal nie meer 'n woord wat sy uiter nie. Sy lippe gaan hul eie gang en dit is om daardie lekkernye van haar te proe.

Sy sluk haar woorde meganies, sy kan vir 'n oomblik glad nie fokus nie, waarom was sy nou weer so kwaad? Hierdie aanloklike sagte mond wat ewe blatant en voorbarig hare opeis, dit is iets heeltemal anders. Sy behoort hom op die maermerrie te skop. In stede daarvan vind haar hande hulself om sy nek. Sy gespierde arms ferm om haar lyf. Genade, moet een man dan so 'n lyf hê? En die lippe wat hare gevange hou? Was sy al ooit so gesoen? Nee, dit is net te hemels.

Wie eerste tot hul sinne gekom het, sal hulle seker nog lank daarna oor kan stry.

"Hete, Adri, jy maak my heeltemal gek. Hoe kan jy my toelaat om jou so te soen?"

"Dis jou skuld, hoe kan jy 'n vrou so oorrompel en jouself op haar afdwing?" Sy probeer nog om naels te wys maar die wildekat het nou die gedaante van 'n spinnende katjie aangeneem.

"Oorrompel sê jy? Jy is die een wat my gevra het om te trou."

Haar oë rek, sy sluk droog. "Ek gaan liewer nou huis toe, maar praat sal ons moet praat, Bennie!" Die wind is totaal uit haar seile geneem. Praat sy met hom, of met haarself? Meteens is sy so mak dat sy haarself nie ken nie. Al wat sy weet, is dat sy nou van hierdie man af moet wegkom. Die betowerende krag wat hy op haar uitoefen, is net te veel vir haar om te weerstaan.

"Dit is reg so, Rooikop, maar ons albei weet daar is heelwat waaroor ons moet praat. Jy kan nou maar vlug as jy wil." Skielik manhaftig, met die besef dat hy haar voete onder haar uitgeslaan het.

'n Glimlag speel om sy lippe, hy weet hy sal haar spasie moet gee, sy kan maklik weer die loop neem. Sy hartritme versnel, dit gaan moeilik wees, want na die nektar wat hy nou geproe het, het hy geen remme nie. Hy smag na meer.

"Vanaand, Bennet, ons kan vanaand praat, nou het ek net nie die krag nie." Sy skud haar kop dat haar hare rondtuimel. Klim op die vierwieler en vertrek half in 'n dwaal. Hierdie keer ry sy baie meer bedeesd terug na die opstal.

Daardie aand, met ouma Belle versorg en gemaklik, glip sy na haar woonstel. Na hul ontmoeting in die veld, het sy Bennet vermy. Haar kop bly vol wol en sy praat met haarself, "Vervlaks, Adri, mens sal sweer jy is 'n verliefde tiener. Die soen het jou bene behoorlik lam."

Stort is wat sy nou eers gaan doen. Die gemaklike denimbroek met 'n truitjie pas haar uitstekend. Haar hare word drooggeblaas, die koper daarin tower vuurvonkies. Spaarsamig wend sy parfuum aan en die lieflike reuk kleef sag aan haar.

Die wete dat sy goed lyk, gee haar meer moed en bravade. Hopelik sal sy 'n sinvolle gesprek met hom kan voer.

Bennet sit rustig met 'n tydskrif in die televisiekamer. Sy hare is nog klam, 'n aangename aroma van seep en sjampoe sweef na haar neus.

"A, hier is jy nou, Adri. Ek was bevrees dat jy my die hele nag aan 'n lyntjie gaan hou." Hy staan op. "Sal ons eers aandete geniet voordat ons gesels?"

Sy knik instemmend en hy laat haar vooruit stap na die eetkamer. Saans word daar lig geëet aangesien die hoofmaal smiddae geniet word. Sara het 'n maaltyd van quiche en slaai voorberei. Tuisgemaakte brood en konfyt staan ook gereed.

"Dit is darem maar heerlik om so bederf te word. Sara sorg uitmuntend vir ons. Haar etes kan enige restaurant sleg tweede laat kom." Adri kan om die dood nie aan iets meer interessants dink om kwyt te raak nie. Die afwagting vir die komende gesprek sit soos die spreekwoordelike olifant in die vertrek.

Bennet is ook stiller as normaal. Hy is deeglik bewus dat hy sy woorde baie versigtig moet kies. Sy moenie skrik en sommer wil koers kry nie. Hy wil haar juis aan die plaas, en aan hom bind. *All is fair in love and war*, sê hulle mos.

Gebruikte borde word kombuis toe geneem en in die wasbak geplaas.

"Kom ons gaan sit in die televisiekamer," sê hy kalm.

In die tydjie wat Adri op Kwikkiesdrif woon, het sy reeds 'n stoel as hare toegeëien. Bennet het sy voorkeur die eerste dag al uitgewys. Die televisie se klank is afgeskakel.

Eenkant op die koffietafel is 'n konfoor met koffie en bekers gereed. Adri verwonder haar telkens in Sara se manier van huishouding. Sy het beslis by die fyne dame wat ouma is, geleer.

Bennet kug, daar is nou sweerlik 'n padda in sy keel.

Sy vou haar hande preuts op haar skoot. Haar oë is smarag groen in die lamplig. Haar blik versluier deur die lang wimpers.

Wel, dit kan nou nie hoër of laer nie, praat sal hy moet praat, die rooikop se geduld raak op. "Adri, ek verstaan dat jy baie kwaad is vir my, maar hierdie gedoente kan voordelig wees." Hy stuur 'n skietgebed na Bo dat hy tog nie nou alles moet opmors nie. *Kies jou woorde, Bennie.*

"Eintlik behoort ek jou in jou eie sous te laat stowe. Jy het ons in die pekel gedompel." Sy maak dit nie vir hom enigsins makliker nie.

"Dit het waarlik net gebeur, maar hoe meer ek daaraan dink, hoe meer glo ek dat dit so bestem is vir ons. Ek kan doen met 'n vrou soos jy aan my sy. Ek is baie alleen hier. Is ek te onaardig vir jou? Hou jy nie darem net 'n bietjie van my nie?" Daar is 'n seunsagtige uitdrukking op sy aantreklike gesig. Hy ryg frases uit, nie seker of alles sin maak nie. "Jy het my immers daar by die draad gevra om met jou te trou." Hy waag nog om haar te treiter.

Die rooi kussing trek soos 'n missiel. Teen die muur vas.

"Wag, jammer, jammer, ek sal my gedra. Adri, kan ons nie maar die verlowing offisieel maak nie? Die soen, ons het dit tog albei geniet. Dit wys ons is aangetrokke tot mekaar. Ek glo jy weet, jy het niks van my te vrese nie. Ek wil jou net hier hou, jy pas volmaak op Kwikkiesdrif. Ons kan dit mos 'n kans gee. Verloofdes sonder voordele. Saam kan ons besluit wat ons as verduideliking vir Daleen en my ouma sal voorlê."

Sy trek haar asem skerp in. Staar sprakeloos na hom. Die man sal nog haar einde beteken. Hy sit daar in sy dodelike aantreklikheid, die onskuld van 'n engel en nektar in sy stem. Haar blik bly intens op hom. Hy laat haar beslis nie onaangeraak nie, al hoef hy dit nie nou al te weet nie. Wat haar hinder, en afbreuk doen aan die gevoel van opwinding, is woorde van liefde. Sy sou 'ek het jou lief,' wou hoor, voordat sy haar aan 'n man verbind. Hy het dinge egter nou so gaan staan en kompliseer. Praat van die wa voor die perde span, of dalk karavaan voor die motor. Stories oor hulle gaan beslis die rondte doen. Bennet is nie onbekend in die gemeenskap nie. Die skerp-tong Agatha sal sorg dat haar, wat Adri is, se naam beswadder word.

"Adri, asseblief, kom ons gee dit 'n kans, ek sal niks van jou verwag waarmee jy nie gemaklik voel nie. Ons kom tog goed oor die weg." Opregtheid straal uit sy blou kykers. Hy wag angstig op haar antwoord.

"Voor ons enigsins verder praat, vertel my die hele Agatha du Pont verhaal." Sy sit terug in haar stoel. Gereed om te luister.

"Ek sal, alhoewel dit nie juis 'n storie is waarop ek trots is nie. Ek het haar by 'n rugbyonthaal ontmoet. Ek was naïef en het die gevaartekens misgekyk. Ook maar van die plaas en nie meisies gewoond nie." Hy glimlag skeef vir sy eie grappie, praat dan weer in 'n ernstiger stemtoon voort. "Kyk, aanvanklik was sy vir my baie mooi, maar toe daardie lagies begin afkom en die naels wys, was sy glad nie meer so aanvallig nie. Boonop moes ek met die tyd uitvind dat heelwat dinge aan haar vals was, en dit het liggaamlik en geestelik ingesluit. Haar oë, wat so nydig kon rondbeweeg, het my al hoe meer aan 'n slang herinner. Ek moes eintlik toe al die hasepad gekies het ..."

Hy huiwer vir 'n oomblik. "Toe sy al hoe meer en duurder geskenke begin eis, en ernstiger as ek vir bedsake geword het, het die rooi ligte geflikker. Boonop het sy oral gerugte van ons sogenaamde 'verlowing' en stories van trou begin versprei. Tarentula se Moses. Ek kon voel hoe sy my toespin en moes haastig haar planne fnuik."

'n Frons ontsier sy voorkop. Hy skep asem en praat voort, "Ons het duidelik niks gemeen gehad nie. Die plaaslewe en diere het haar laat gril. Die finale slag was toe ek sien hoe sy haar tande vir ouma kners. Wanneer sy geglo het niemand sien haar nie, was daar geen geduld of geneentheid teenoor ouma Belle nie. Maar sodra ek in die omtrek was, het sy heuning gedrup. Nee wat, sy was beslis nie vir my of Kwikkiesdrif nie. Ongelukkig het dit lank geneem om haar van my lyf af te kry. En toe, vandag! Hier is die kat jou waarlik weer terug! Ek het wraggies nie gedink dat sy haar voete weer hier sou waag nie." Hy sug, sy hande woel uit pure gewoonte sy hare deurmekaar.

"Bennet, ek is onkant betrap. Ek hou beslis van jou. Jou versoek is baie aanloklik, maar dis skielik; onverwags. Om die skinderbekke stil te hou en jou van Agatha se aanslag te vrywaar, ja, dit het meriete, maar dit is 'n ernstige besluit. Ek sal dit egter oorweeg. Indien dinge nie uitwerk nie, sal ons albei dit so moet aanvaar." Haar gedagtes stoei, sy wil sommer net ja sê, dalk sal sy eendag daarin slaag om sy hart te wen. Sy kan haarself nie anders laat glo nie, haar hart wil hom hê.

Hy knik net sy kop stadig, wag dat sy voortpraat.

"Goed, ek stem in, ons kan verloof raak, maar ouma Belle en Daleen moet die waarheid weet, ek gaan nie vir hulle leuens vertel nie. Die res van die gemeenskap kan die versuikerde weergawe kry. As daardie Agatha met my kom skoorsoek, sal ek en al my rooi hare gereed wees vir haar." Vir 'n oomblik voel dit vir haar of iemand anders haar brein oorgeneem en impulsief namens haar ingestem het. *Genade tog! Adri, my mens, jy is op dun ys.* Die waaghalsige sy van haar por haar egter aan: *As jy nie waag nie, gaan jy nie wen nie.*

Bennet verras haar deur blitsvinnig op te spring, haar uit haar stoel te trek en verspotte danspassies uit te voer. So beland sy teen sy gespierde borskas. Dit voel so goed, dat sy haar nie teësit toe sy warm mond aan hare raak nie. Die soen duur nie lank nie, maar sy voel 'n weekheid van haar bene af opstyg.

"Wag net hier vir my, Rooikop, ek is nou terug." Soos 'n warrelwind is die donkerkop Adonis na sy kantoor.

In rekordtyd is hy terug. Opgewek soos 'n tienerseun kom staan hy voor haar. "Meisiekind, daar is niemand anders vir wie ek hierdie ring wil gee as vir jou nie. Jy het soveel lewe in hierdie huis gebring. Hierdie was my ma s'n, en voor haar, ouma Belle s'n. Mag ek dit vir jou aansteek? Om ons verlowing amptelik te maak?" Die blik in sy oë is teer en opreg.

Sy staar stomgeslaan na die man voor haar. Sy moet halt roep, hy gaan nou te ver, maar wil sy hom stop? Sy gaan die kans waag, wie weet wat die toekoms inhou? Dalk gebeur dit dat sy tog sy hart kan wen.

Haar asem steek vas in haar keel, die pragtige eenvoudige band met die grootste diamant wat sy nog ooit gesien het. Terwyl sy nog probeer om sin van alles te maak, steek hy die ring aan haar vinger. Die kunswerk pas dan asof dit presies vir haar gemaak is. Perfek, klassiek, absoluut beeldskoon.

"Bennet, is dit nie te veel nie? Hierdie is 'n kosbare familie-erfstuk, jy moet dit eerder veilig bewaar." Onwillekeurig dam daar trane in haar oë. Vir 'n oomblik dink sy aan haar eie moeder se ringe wat veilig in haar juweledosie is.

"Nee, nee, dis vir jou wat ek dit wil gee, in my binneste is ek oortuig daarvan dat dit die regte ding is om te doen." Met dié woorde druk hy sy lippe vlindersag teen haar vinger.

Hoofstuk 7

Die volgende oggend is Bennet klaar met sy ontbyt teen die tyd wat Adri aansit. Sy is dankbaar, want dis asof sy nie haarself vanoggend naby hom vertrou nie. Die verlowing is nog 'n baie vreemde gedagte. Sy het vanoggend eers die ring afgehaal en veilig toegesluit. Sy moet eers 'n kettinkie kry om dit aan te dra. Buitendien, ouma Belle se skerp oë sal definitief nie die ring miskyk nie.

Sy het netnou wakker geskrik met haar beddegoed in 'n warboel. Met wie sy daar gestoei, en wat gebeur het in die lewensgetroue droom, laat haar bloos. Hoe is sy dan nou so verlief soos 'n skooldogter? Sjoe, en praat van hartstog en passie. Gelukkig was dit 'n droom, anders sou sy haarself seker doodgeskaam het.

Sy het selfs in die stort gesing. Sing was nog nooit een van haar talente nie, en vanoggend het sy wraggies kans gesien vir verskeie liefdesliedjies. Die een na die ander. So vals soos 'n kraai.

Na ontbyt gaan sy na haar pasiënt.

Ouma Belle se blik rus vraend op haar tydens hulle oggendroetine. Taktvol swyg sy liewers. Die jongmense sal kom praat wanneer hulle gereed is. Sy het egter 'n sterk vermoede dat daar Kupido pyltjies rondvlieg.

Bennet is self reeds met hanekraai uit die kooi. Die opwinding borrel in hom. Natuurlik is sy diere altyd bly om hom te sien. Die oomblik wat hy die voordeur oopstoot, is Ben en Bapsie by. Hulle draf stertswaaiend saam. Beide Shrek en Fiona is wakker. Die toekomstige moeder is minder ingenome met die vroeë roering, loer skrams oor haar lewensmaat se skouer.

Toe hy sy rondte klaar gedoen het, stap hy terug huis toe. Hy drink gou iets koels, loop dan na sy ouma se kamer.

"Ouma, ek en Adri wil graag met jou gesels, sal dit reg wees as ons na ontbyt by jou kom sit?"

Sy glimlag. "Maar natuurlik." Sy kan nooit genoeg dankie sê vir die wonderlike verhouding wat tussen haar en haar kleinseun heers nie. Liefdevol dink sy soms aan hom as haar hanslam. So vroeg reeds wees gelaat.

"Dankie, Ouma," en hy verdwyn by die deur uit.

Ouma Belle is nie onder 'n kalkoen uitgebroei nie. Sy sien baie dieper as wat die jongmense dink. Dit is vir haar 'n riem onder die hart. Sy en haar Hemelse Vader weet dat die uurglas nie so vol is as wat dié rondom haar dalk dink nie. Haar kragte neem af. Dit sal wonderlik wees om te weet dat Bennet iemand aan sy sy het.

Skugter soos tieners kom hy en Adri na ontbyt die siekekamer binne. Vir dié gesprek, het Adri weer die ring terug aan haar vinger gesteek.

Ouma skraap al haar krag bymekaar, hulle hoef nie van haar moegheid en pyne bewus te wees nie. Sy glimlag en tik liggies op die bed langs haar. "Kom, julle twee, ek sien julle het iets gewigtig op die hart, ek luister. Ek is gereed vir enigiets."

Haar kalm stemtoon stel hulle op hul gemak.

"Ouma, die situasie met Agatha en mý voorbarigheid, het ons in 'n moeilike situasie laat beland. Mense praat oor ons sogenaamde 'verlowing'. Toe vra ek vir Adri of ons dit nie 'n kans kan gee nie. Ons hou tog baie van mekaar." Die toespraak loop nie presies soos hy wou hê nie. "Ek meen, dat ons dit 'n regte verlowing maak." Die knop in sy keel word al hoe moeiliker om te sluk.

Die sagte lig in ouma Belle se kykers bring kalmte. Sy weet, sy het lankal sy gevoelens gelees. Vir haar kon hy nog nooit dinge wegsteek nie.

Adri skuif ongemaklik rond. Sy voel soos 'n stout skooldogter in die hoof se kantoor. Ouma se blik is egter liefdevol en sag.

"Julle is volwassenes, en as dit is wat julle wil doen, is dit goed. Hou daardie giftige geitjie net weg van my af. Bennet, ek is bly jy het die familie-ring vir Adri gegee. Sy is hom waardig. Mag julle geluk vind

en die ompad julle net lei na die ware pot goud."
Moeg sluit sy haar oë.

Bennett neem Adri se hand in syne.

"Dankie, liefste Ouma, rus Ouma nou eers bietjie.
Ons kom nou-nou weer." Hy buk en soen sy ouma op
die voorkop. Haar vel sag en teer. Sy is so broos.

Die oomblik wat hulle die kamer verlaat, hoor
hulle 'n sagte laggie en 'n flou stemmetjie wat
mompel, "Dink seker julle bluf my. Smoorverlief. Dit
is wat dit is."

Bennet glimlag toe hy die verleë blos teen Adri se
wange sien opkruip, maar besluit om haar nie nou te
terg nie. "Die veearts kom vanmiddag met sy mobiele
sonarmasjien. Hy gaan al die nodige toetse op Fiona
doen. Daarna sal ons presies weet wat die stand van
sake met ons moedertjie is. Ek sal jou roep as jy by
wil wees, dit behoort interessant te wees."

Haar verleentheid oor ouma se woorde wat hul
albei kon hoor, skuif onmiddellik op die agtergrond.
"Natuurlik wil ek by wees."

Die res van die oggend verloop heeltemal te stadig
na Bennet se sin. Die miniatuur donkiepaar is vir hom
so kosbaar. Die pret en plesier wat hulle vir almal op
Kwikkiesdrif verskaf, is vir almal ewe spesiaal.

Uiteindelik breek die tyd aan.

"Adri, die veearts het gekom, hy is reeds by
Fiona." Die opgewondenheid weerklink in sy stem.

"Ek kom. Sara hou asseblief 'n oog oor ouma. Ek
wil by die stalle kom," roep sy oor haar skouer.

Sara glimlag. Sy hou al hoe meer van die suster wie se hart oop is vir Kwikkiesdrif. Vir mens en dier.

Bennet wag by die stoeptrappies, maar kan skaars byhou by die rooikop. Sy is op 'n drafstap op pad na die donkies se stalle. Hy skud sy kop in ongeloof. Wat 'n merkwaardige vrou is sy tog nie. Genadiglik dat alles so uitgewerk het dat sy hier by hulle uitgekom het.

"Adri, ontmoet dokter Daniel Grobler, ons veearts. Daniel, hierdie is suster Adri Langeveldt."

"Jou verloofde en ouma se versorger? Ja, die hele dorp praat oor julle," erken hy die bekendstelling met 'n tergende glimlag.

Die versoeking om Adri se siel uit te trek, por Bennet aan, en hy trek haar onder sy blad in. Groot is sy verbasing toe sy heel gewillig kom. Die rooikop van hom, hy sien 'n baie interessante toekoms wat wag. "Einste, dokter Daniel, einste." Hy pronk behoorlik van trots.

Adri hou haar skraal hand na die dokter, hy is so vriendelik dat sy ook moet ontdooi. "Ja, ja, basta julle, ons is hier vir die kroonprinses, Fiona. Ek kan nie meer wag om te sien hoe 'n sonar op hierdie klein liefling gedoen word nie."

"Nou ja, laat ons begin." So ver as wat dokter Daniel sy benodigdhede uitpak, gesels hy gerusstellend met sy pasiënt. Voorwaar 'n persoon wie se liefde en passie vir diere uitstraal.

Adri luister aandagtig en neem elke detail in. Sy vryf deurentyd oor die merrie. Dokter Daniel het hulle vertel dat sy 'n jenny genoem word. Shrek staan eenkant en betrag die gebeure. Hy maak seker hulle weet wie is die vader.

Dokter Daniel gesels een strook deur en verskaf vele interessante inligting van miniatuur donkies waarvan Adri geen benul gehad het nie.

"Hierdie dametjies is gewoonlik tussen twaalf en veertien maande dragtig. Ek wil net vinnig 'n sonar doen, mens wil nie graag te veel aan hulle karring nie." Met vernuf gebruik hy van die moderne apparaat om 'n blitsige ondersoek te loots.

"Ontspan, ounooi, ontspan, daarsy, klaar. Ja, toemaar, Shrek, ek sien daardie voorpoot van jou wil-wil my tik."

Hy staan op, trek sy handskoene uit en kyk na die afwagtende gehoor. "Ek dink sy het haar swangerskap goed weggesteek. Sy gaan ons moontlik met 'n Kersfeesvulletjie verras. Dis nou as sy die volle veertien maande gaan loop. As my berekeninge reg is, is sy 'n goeie sewe maande ver al."

Shrek balk met 'n dik stem. Dis baie moontlik dat hy iets soos 'Ramkat', kwyt raak.

"Ek weet reeds dat hierdie tweetjies vyfster versorging kry, maar ek gaan tog 'n paar nuttige voorstelle vir julle neerpen."

Die besef dring tot Adri deur dat hierdie plaas se diere almal bevoorreg is. Haar hart gaan uit na dié wat glad nie so gelukkig is nie.

Dokter Daniel gesels verder oor die hoefdiertjies. Hulle het beslis ook reeds diep in sy hart ingekruip. "Die liewe, klein eseltjies is goeie troeteldiere, met die klem op troetel. Hulle kan bederf word met gesonde lekkernye soos wortels, appels, pere en selfs piesangs, maar dit weet julle reeds. Die dragtige merries baat by ekstra vitamiene en minerale. Soos met mense, is vars drinkwater van kardinale belang. Hoofsaaklik is vars hooi en gras goed vir hulle, maar geen gemufte voedsel nie."

Adri snak na haar asem, dink die dokter dalk dat Bennet enigsins ou, gemufte kos aan sy diere gee? Sy hou haar gedagtes vir haarself, maar 'n ligte frons verskyn op haar voorkop.

"Die pasgebore vulletjies weeg enigiets tussen agt en elf kilogram," borduur die veearts voort.

"Dokter, wat is die tekens dat hulle in kraam gaan waarvoor ons moet oplet?"

Hy glimlag. "Gewoonlik twee tot vier dae voor die tyd, begin die spene kolostrum afskei. Fiona sal waarskynlik rusteloos raak, eenkant wil wees. Die mammies is dan nie so gek oor mense om hulle nie. Ek sal Fiona elke vier weke kom besoek. Wanneer die groot dag aanbreek, sal julle my moet laat weet. Ons kan geen kanse waag nie, hierdie klein stofjassies is delikate wesentjies."

Hoofstuk 8

"Ah, Sus, dankie tog dis naweek. Kwikkiesdrif se lug is net verfrissend." Daleen vryf haar hande geesdriftig. "Ek kan deesdae nie wag vir Vrydae sodat Bennet my na skool by die koshuis kom oplaai nie."

Hulle omhels mekaar, dan gee Adri 'n speelse plukkie aan Daleen se hare. "Dit maak my oneindig tevrede om te sien dat my sussie so sorgvry gelukkig is. Daar was maar 'n skuldgevoel in my binneste, wetende dat ek die rollende klippie was wat nie wou vastigheid kry nie. Hier op wonderskone Kwikkiesdrif is dinge net anders. Ons lewens het soveel meer betekenis."

"Ek het jou nooit blameer vir enigiets in ons lewens nie, jy het alles moontlik vir my gedoen en opgeoffer. Kwikkiesdrif is inderwaarheid pure paradys. Met sy mense en al, of hoe Adri? Boonop het hierdie paradys sy eie Adam. 'n Weergalose man met donker hare, pragtige lippe en treffende blou oë."

Adri bloos onder haar sussie se tergery. Laggend stap hulle huis se kant toe.

Ouma Belle word soos altyd, eerste gegroet. Sy is sigbaar verheug om die tiener te sien. Sy luister met erns hoe Daleen babbel oor alles wat die week in haar lewe gebeur het.

Na haar gesprek met ouma, verdwyn sy na die woonstel om haar skooluniform uit te trek. Alles word netjies opgehang. Sara sal later die koshuiskind se wasgoed bymekaar kry en sorteer.

Met alles op hulle plek, roer Daleen die onontwykbare onderwerp aan. "Verbeel ek my of lyk ouma Belle moeg? Sy het in hierdie een week vir my baie ouer geword. Ek kan nie help om hartseer te voel nie." Die dierbare matriarg van die plaas se agteruitgang het selfs die jonge Daleen opgeval.

Adri trek haar kleinsus sagkens teen haar bors. "Ai, my liefie, daar is nie veel om te sê nie. Ouderdom is iets wat geeneen kan ontglip nie." Terwyl sy praat, beweeg haar hand vertroostend oor Daleen se rug. Die jong meisie se fyn aanvoeling teenoor die oue is merkwaardig.

Gelukkig kon die nuus van die veearts Daleen se aandag aflei. Hulle laat spaander dadelik uit om na die twee karnallies te gaan soek en vind hulle buite hulle kamp. Blinkoog luister Daleen na al die inligting rondom die verwagtende klein hoefdiertjie.

Deeglik bewus van hulle status op die plaas, trippel Fiona en Shrek al agter die twee vroue aan.

"Om te dink ons gaan ons eie Kersfeesvulletjie hê. Dit is so oulik!"

Die middag vlieg verby. Aandete breek aan en daarna versorg Adri oudergewoonte vir ouma. Dan gaan sit sy, Daleen en Bennet in die sitkamer.

Daleen maak ewe vernaam keelskoon. Soos 'n tipiese Skooljuffrou pen sy hulle met vernoude oë vas. "Ek hoor Kupido loop helder oor dag op hierdie plaas rond. Dinge gebeur blykbaar sodra ek my rug draai. Toe, uit daarmee, wat hoor ek van verlowings en goed?"

"Hoor hier, ek was laas nog die ousus in hierdie familie, pasop vir jou!" kom dit laggend van Adri.

Gelukkig is Bennett voorbereid op die vraag, en antwoord rustig. "Jy het nou al gehoor van Agatha, wel, die Jesebel het eintlik hierdie appel in my skoot laat val. Ek het wakker geskrik en besef ek kort 'n vrou. Dit kan stil raak alleen op die plaas. Waar nou 'n beter *match* vir my en Kwikkiesdrif as jou pragtige suster? Ons gee om vir mekaar. Met 'n ring aan haar vinger, kan sy mos nie net hakskene wys nie." Met die woorde skuif hy nader op die bank. Sy hand omvou dié van Adri.

"Nou nie so *juicy* soos ek dit wou hê nie, maar dis 'n begin vir twee ou, droë stoppels soos julle," lag Daleen.

Die jeug van vandag is nie so dom as wat dié twee skynbaar dink nie. Vir haar gaan hulle nie bluf nie. Hulle smeul vir mekaar. Gee kans, hier gaan nog ongekende hartstog uitbroei. Sy voorsien 'n plaaslike hygroman. Trouklokkies is ook nie onmoontlik nie.

Adri sal so mooi bruid wees. Haar tone krul skoon van lekkerkry.

* * * * * * * * * *

"Môre, môre, Ousus. Ek bring koffie, die dag is net te heerlik om binne te bly. Ek wil gaan stap." Altyd sprankelend en vrolik, Adri kan nie anders as om in Daleen se vrolikheid te deel nie.

"Ek weet nou nie so mooi van heerlik nie, dis nogal skerp! Die winter bekruip ons eintlik nog, maar vanoggend is dit goed koud. Brrr!" Ten spyte van haar sweetpak en serp, bewe Adri, en 'n bleekblou skynsel lê om haar mond.

Plig voor plesier. Sy gaan loer net eers by ouma in voor sy by Daleen aansluit vir hul oggendstappie.

"Kom, klakous, stap vinnig, dan is jy nou-nou lekker warm." Daleen versnel haar pas, ligte stoompies dwarrel rondom hul monde. Hier en daar kraak daar selfs ontydige ryp onder hulle tekkies.

Die geklap van hoewe kondig aan dat 'n ruiter op pad is. Dit is ook nie lank nie of Bennet verskyn van agter die bome op 'n groot hings se rug. Hy bring die dier tot stilstand en spring van sy rug af. "Môre, nooiens, lekker vars vanoggend nè? Julle moet volgende keer dat ek vir julle ook elk 'n perd opsaal. Daar is niks lekkerder as om so oor die veld te galop nie."

Adri se oë rek. "Genade, nee, ek glo nie. 'n Perd is darem baie hoog. Ry julle maar. Ek stap liewers."

"Ek kan perd ry, ek sal graag volgende keer saamry. Maar jou verloofde kan mos jou perd met jou deel. Sy is tog net vel en been. Die perd sal haar gewig nie eens voel nie."

"Jy reken, Daleen, dink jy nie hierdie paar boudjies kan dalk swaar ...." Die ligte piets wat hy die einste deel van haar anatomie gee, ontlok die regte reaksie.

"Maar sie jy, jou maaifoedie, ek gaan jou kry!"

Die lag borrel by Bennet se mond uit.

Daleen kraai soos sy lag vir die twee se manewales.

Adri klink haar tong, kamma-vererg. "Kom, laat ek jou die kliniek in wording gaan wys." Sy spring weg en kies koers daarheen. Daleen kort op haar hakke.

"Genade, alles hier is bykans voltooi, hulle het waarlik nie gras onder hulle voete laat groei nie." Daleen kyk verras om haar rond.

"Hierdie is die ontvangs en wag-area. Die idee is dat slegs mense wat werklik nie op die dorp kan uitkom nie, hier sal aanmeld. Ek weet egter dat geen pasiënt wat hulp benodig, weggewys sal word nie. Daar is reeds soveel minderbevoorregtes wat te laat die nodige sorg kry." Adri verduidelik eenstryk deur en haar hande praat net so geesdriftig saam.

Bennet knipoog ongemerk vir Daleen. Dit is 'n belewenis om die rooikop so entoesiasties te sien. Sy sou sonder twyfel 'n uitmuntende minister van gesondheid uitgemaak het. Sy sou sweerlik berge kon versit.

Adri beweeg vooruit en neem hulle letterlik op 'n toer. "Hierdie is die baba-stasie. Moeders gaan hul babas heel eerste tot hier bring, die suster aan diens sal haar vergewis dat hulle noodsaaklike immunisasie op datum is. Die kleingoed word geweeg, moeders ontvang bystand met borsvoeding en nog bykomende babasorg sal verleen word. Gesinsbeplanning sal terselfdertyd bevorder word. Onkunde is dikwels die oorsaak van ongewenste swangerskappe."

Sy beduie met haar arm. "Hierdie ruimte is vir chroniese siektes, byvoorbeeld hipertensie en diabetes." Die besonderse mosgroen kykers skitter teen daardie tyd soos diamante. "Jammer, hierdie is net so wonderlik. Ek kan myself nie inhou nie." Sy moet maar vir haarself lag, haar monoloog was waarskynlik heeltemal te lank en eentonig vir haar gehoor.

Bennet slaan sy arm om haar skouers. "My liefste, alhoewel jou kennis vir ons Grieks is, verstaan ons jou passie. Liewe Adri, jy is 'n omgee-mens, niks sal jou verander nie. Jy moet jouself net nie uitbrand nie. Jy gaan in 'n toesighoudende hoedanigheid aangestel word. Nie om alles self te doen nie." Hy is waarlik bekommerd dat as sy eers op dreef is, niks haar vaart gaan stuit nie.

"Toemaar, ek weet deeglik van delegeer, hoor. Hierdie projek is so na aan my hart. Daar is soveel goeie dinge wat hieruit kan spruit. Kwikkiesdrif se eie werkloses gaan geleentheid kry om ook selfversorgend te raak. Bennet, ek dink nou net, ons kan 'n groentetuin aanlê, daar is mense wat die kos nodig het. Die pasiënte op medikasie vir HIV veral, moet gesond eet."

"Daleen, jy sal moet help, hoe gaan ons hierdie suster van jou ooit in toom hou? Voor ons kan sê Pick en Pay, is Kwikkiesdrif 'n hele nywerheid."

Hoofstuk 9

"Ouma, wat skeel, het jy pyn iewers?" Adri buk bekommerd by haar pasiënt. Daar is 'n blouerige skynsel om haar mond. Haar pols is fladderend en effe onreëlmatig. Die dierbare tante se hart is gedaan. Angstigheid kom skop nes op Adri se krop.

"Liewe kind, ek en jy weet mos dat 'n mens se tyd vooraf bepaal is. Ek het baie goeie jare op my kerfstok. Ek het soveel vrede en is ter enige tyd gereed om na my Maker te gaan. Nee, moenie huil nie. Jy is die rede vir my gemoedsrus. Ek weet my Bennet gaan nie alleen wees sonder my nie." Ouma het baie woorde maar beslis nie die asem of energie nie, tussen elke sin moet sy eers 'n oomblik rus.

"Ouma, ek belowe, as dinge vir ons reg uitwerk, sal ek net goed wees vir hom." Sy sluk, sy vertrou nie haar eie emosies nie. Sy durf nie nou in trane uitbars nie.

"Jy moenie twyfel in hom nie, hy is dolverlief op jou." Met 'n flou glimlag lê ouma haar verrimpelde handjie op dié van Adri.

"Hy is net so ... e stadig, Ouma, hy praat nie regtig oor sy gevoelens nie. Ek wil nie voorbarig wees nie. Netnou word ek 'n tweede Agatha."

"Nooit, hy is net bitterlik skaam, gee hom kans. Ek verseker jou, hy soek net vir jou. Sy hart lê in daardie blou oë van hom."

Daar is 'n gemoedelike stilte en ouma se oë val moeg toe. Voordat sy egter insluimer, kom die woorde sag, "Jy kan dalk ook meer wys, moenie jou gevoelens so wegsteek nie."

Soos wat dit nou al 'n ritueel geword het, geniet Adri en Bennet hul laaste koppie koffie saam voordat hul kooiwaarts keer. Hy het vroeër vir Daleen teruggeneem koshuis toe.

"Bennet, daar is iets waaroor ons moet praat." Haar stemtoon laat hom regop sit.

"Adri, meisie, jy maak my nou bang, wat is fout? Jy gaan ons nie verlaat nie, nè?"

"Nee, nee, dis ouma Belle. Ek is baie bekommerd oor haar. Sy is nie gesond nie. Ek is bevrees haar toestand gaan agteruit." Die woorde kom van 'n seer plek. Trane blink in haar oë.

Dadelik spring hy uit sy stoel, neem langs haar plaas en trek haar in sy arms. Sy verwelkom sy hitte en nabyheid. Sy weet dat dit vir hom selfs moeiliker is as vir haar. Sy onbaatsugtige liefde vir sy ouma is geen geheim nie.

Hul samesyn is vertroostend. Waar hy sy gesig teen haar sagte vel nestel, kan sy voel dat sy oë ook nie droog is nie.

"Wat dink jy, moet ons die dokter laat kom? Ek is nou skoon dom. Dankie, dankie my liefste Adri, dat jy hier is." Die innigheid waarmee hy haar vashou, oortuig haar van sy opregtheid.

Sy is dankbaar dat haar beroep haar voorberei het vir tye soos hierdie. Sy weet sy moet nou die leiding neem en die sterkere wees. "Ons kan dokter môre vra om haar te kom besoek. Hy sal sekerlik iets voorskryf wat haar kwaliteit lewe kan vergemaklik. Ek sal eerste ding môreoggend skakel en met hom reël."

Sedert die ring aan haar vinger pronk, praat Bennet nie veel oor hulle verhouding nie. Hy omhels en soen haar graag. Daaroor kla sy glad nie. Ouma se woorde kom weer by haar op. Sy kan ook meer wys. Van haar eie gevoelens word sy by die dag sekerder. Hierdie boer het sy stewels diep kom intrap in haar hart.

Sy leun vorentoe en druk haar lippe vlindersag, vertroostend, op sy wang. Vir 'n oomblik is daar verbasing in sy blik, maar hy laat nie op hom wag nie.

"Adri, weet jy wat jy aan my doen? Ek gaan jou nou behoorlik soen."

Die hees laggie in haar keel, spoor hom aan. Sy lippe vang hare vas, daar is meteens geen terughou nie. Sy passie weier om langer onder druk gehou te word. Hy het nog heeltyd teruggehou uit vrees om haar die skrik op die lyf te jaag. Maar noudat sy die inisiatief geneem het, word hy dapper.

Hulle vind troos in mekaar se nabyheid. Adri se hande kruip om sy nek. Op hulle beurt, dwaal Bennet se hande oor haar sagte, vroulike liggaam. Troetel, streel en gaan waar hy nog nooit gewaag het nie, nog net van gedroom het.

Ouma Belle was reg, sy moet meer dikwels vuurmaak onder hom. Sy glimlag die oomblik wat sy kans kry om weer asem te haal. Sjoe.

* * * * * * * * * *

Dokter Gerrie Burger stap al 'n tydlank 'n pad met die Malans, en is dadelik gewillig om uit te kom toe Adri hom kontak. Ouma Belle is een van sy geliefde en oudste pasiënte.

Hy voer 'n deeglike ondersoek op sy jarelange vriendin uit. Die trek om sy mond word stroef. Selfs vir 'n deurwinterde arts is dit moeilik om te aanvaar dat dit nie meer in sy hande is om die prognose te verander nie.

Op pad voordeur toe, praat Adri sag. "Dokter kan hier in die sitkamer met ons gesels. Dit is net ons drie. Dit is onnodig dat ouma Belle dokter se beslissing moet aanhoor. Sy weet immers beter as ons wat haar welstand betref."

Hy glimlag hartseer. "Suster, ek kan ongelukkig nie anders as om volkome saam te stem met jou waarnemings nie. Liewe Belle is glad nie op 'n goeie plek wat haar gesondheid betref nie. Die fraktuur het eindelik sy tol geëis. Haar ou hart kan die skok en ander komplikasies net nie langer hanteer nie." Daar lê 'n klammigheid in die ou geneesheer se oë.

"Bennet, ou seun, ek is bevrees daar is niks meer wat enigiemand kan doen nie. Ek het iets voorgeskryf wat die ou *ticker* sal ondersteun, maar verder is dit net liefde en goeie versorging. Jy het reeds die beste persoon hier om na haar te kyk, maar skakel my ter enige tyd." Hy lê sy hand simpatiek op Bennet se skouer.

Hy knik net sy kop, stap dan saam met die dokter na sy motor. Hy is dankbaar dat Adri hom voorberei het. Anders sou die dokter se woorde baie ontstellend gewees het. Nou is daar net die diepe hartseer in hom.

Net voor die dokter in sy motor klim, praat hy met 'n skewe, tergende glimlag. "Wat hoor ek van dinge soos die liefde wat hier aan die bloei is? Jy laat ook nie gras onder jou voete groei nie. Mooi so, man!" Hy gee hom 'n goedige klappie op die blad. "Sy is duidelik 'n juweel."

"Ja, dokter Gerrie, 'n man moet maar haastig planne beraam as daar iets is wat hy in die oog het. Ek kan nie hierdie bokkie laat wegkom nie. Sy is te kosbaar," erken hy reguit. Dokter Gerrie was immers die eerste hande wat aan hom gevat het toe hy die lewenslig aanskou het.

"Dis waar, en dit laat my ook meer gerus oor jou voel. Jy het nou ondersteuning nodig vir die tyd wat voorlê. Die geliefde ou moeder van Kwikkiesdrif se uurglas is aan die uitloop. Ek moet eerlik met jou wees."

"Ek waardeer dit, Dok, en ons sal jou op hoogte hou."

Adri en Sara sit saam rondom die kombuistafel. Adri help om groente te skil vir die middagmaal. Deernisvol plaas Sara haar hand op dié van Adri, haar oë vol begrip en omgee.

Adri sluk swaar aan die knop in haar keel. "Ek kan vir jou ook niks wegsteek nie, my liewe vriendin," fluister sy hees.

"Jy moet ook nie, ons is sussies in onse harte en ons moet saam dra aan die swaar."

"Sara, ouma se gesondheid is baie sleg. Ons moet dinge vir haar net gemaklik maak." Sy byt op haar lip. Dit is pynlik om selfs net daaroor te praat. Sy het een van die groot moenies van haar beroep oortree en te lief geword vir haar pasiënt. Nou wil haar hart breek.

"My liewe suster, ek weet. Elke dag brand die ou liggie bietjie swakker. Maar ek weet die feit dat suster hier is vir onse Bennie, maak haar dae ligter. Ouma Belle is baie lief vir daardie jonge man en ook vir jou, suster Adri." Die skraal hand word saggies gedruk.

"Dankie." As Sara maar weet hoe hierdie slegte tyding oor ouma haar aan daardie noodlottige dag, ongeveer vyf jaar gelede, herinner. Hoe die selfverwyt haar van binne af opvreet. Hoe benoudheid haar oorweldig wanneer sy wonder wat Bennet se reaksie sal wees as hy daarvan uitvind. Sal hy nog dink sy is perfek vir hom en Kwikkiesdrif? As sy tog maar net nie so voortvarend en hardkoppig was daardie spesifieke dag nie, sou beide haar ouers vandag nog geleef het.

Hoofstuk 10

Soos die dae verbygaan en dit kouer word, kwyn ouma se tydjies van gesels al hoe vinniger. Sy glimlag dikwels net liefdevol, maar praat is te veeleisend. Haar oë verloor die sprankel van vroeër. Met tye beduie sy net na die Woord van God in Wie sy nog altyd haar vertroue stel. Adri gee gehoor en so leer sy ook daagliks meer van die Vader se liefde, troos en vergifnis. Vergifnis. As sy maar haarself kan vergewe soos Hy vergewe...

Sy poog om in elke behoefte van haar pasiënt te voorsien. Sy verlaat selde die kamer, en slegs wanneer 'n ander pasiënt haar nodig het. Dan tree Tessie in en sit by haar. Telkens wanneer ouma haar oë moeg sluit, lees Adri vir haar voor, in 'n rustige kalmerende stemtoon.

Gelukkig het Daleen gedurende hierdie selfde tyd die winterskool bygewoon, ter voorbereiding vir die matriek eindeksamens. Adri was heimlik dankbaar daarvoor, want sy sou Daleen net afgeskeep het, en dié sou bitter ontsteld gewees het om ouma Belle só te sien.

Een aand tydens aandete, het sy na Bennet gekyk en gevra: "Kan jy asseblief toesien dat daar vir my 'n bed of divan na ouma se kamer geskuif word? Ek wil haar nie meer snags alleen laat nie."

Haar versoek het nie te vroegtydig gekom nie. Sy het slegs enkele nagte by ouma geslaap. In die tyd het sy ook baie min gerus. Dikwels het sy net vorentoe geleun om seker te maak dat die flou asemhaling nog daar is.

Bennet het dikwels op sy tone binnegesluip en nadergekom. Dan het sy net vir hom geglimlag.

* * * * * * * * *

Dae later, net na middagete, kom staan Adri voor Bennet. "Jy moet nou eers die werkery los. Kom sit by jou ouma."

Sy blik vang hare vas, die seer en angs lê vlak in sy oë.

Hartseer staar hulle 'n oomblik na mekaar, dan stap hy na ouma se kamer.

Die oomblik wat hy die stoel nadersleep, helder haar oë op, sy het duidelik vir hom gewag. Adri se voorgevoel was in die kol.

"Bennet, my liefste seun." Dan verskuif haar blik na die vrou langs hom, "Adri ..." Die stem is skaars hoorbaar. Slegs 'n laaste fluistering deur die rietbos.

"Ek is ook hier, Ouma, hier by jou." Sy neem ouma se hand en gee dit 'n ligte drukkie.

Ouma sluit haar oë.

Met haar duim en pinkie by haar oor, beduie Adri klankloos vir Bennet dat sy die kamer gaan verlaat en die dokter skakel.

Hy knik sy kop, kyk dan dadelik weer na ouma.

Eers toe Adri in haar woonstel kom, maak sy die oproep. Sy moes net eers haar eie emosies onder beheer bring voor sy met die dokter kon praat.

"Suster, ek kom so gou ek kan. Ek weet jy ken hierdie pad wat vandag geloop word, dankie vir jou ondersteuning daar."

"Dankie, Dokter, en ek doen dit met die grootste liefde." Sy lui af en haas haar terug na die sieke se kamer.

Die tyd maak nie meer saak nie. Daar is soveel vrede in die lug.

Sara kom loer ook in. Haar stem laat ouma net 'n flou glimlaggie gee. Sy is duidelik tevrede om net haar naaste geliefdes by haar te hê in die laaste ure waarin haar gees besig is om haar liggaam agter te laat.

Bennet se hare is deurmekaar soos wat sy hande daardeur woel. Hierdie is moeilik vir hom. Selfs sy oë is groot en het 'n onstuimigheid in.

Met haar laaste krag vryf sy liggies oor haar kleinseun se hand. "My liefste kinders, kyk mooi na mekaar, laat liefde op Kwikkiesdrif voortleef." Haar stem in hierdie laaste oomblikke verbasend sterk.

Met haar hande gekoester in dié van haar geliefde mense, is hoe ouma sagkens verhuis. Die engele neem oor. Geluidloos, op vlerke van genade verlaat sy haar aardse woning.

Stil, met trane wat oor haar wange biggel, deel Sara die laaste asemhaling van haar geliefde ouma Belle. Haar hand oor haar gehou in 'n laaste eerbiedige seën. Wonderbaarlik het sy net geweet dat sy op daardie oomblik na die kamer moes kom. Dat die twee jonges haar nodig het.

Met trane wat geluidloos oor sy wange stroom, staan Bennet voor die venster. Adri en Sara betoon die laaste eerbewys aan die oorledene.

Later, toe die liggies van ouma se laaste rit by Kwikkiesdrif se hek uitry, bly 'n groepie hartseer mense agter. Sara en die twee verwese jongmense staan vir 'n tydjie net so op die stoep.

"Kom, Tessie het al koffie gemaak, laat ons 'n koppie saam drink in die kombuis. Hier is nou niks meer vir julle om te doen nie." Ferm du Sara die twee na binne.

Die koffie word in 'n heilige samesyn gedrink. Daar is nie plek vir woorde nie. Etlike minute later gaan Sara en Tessie terug na hul onderskeie huise. Tessie het die afgelope tyd so stil-stil na ouma omgesien, die las ligter gemaak op Adri wanneer sy na ander pasiënte moes omsien, sonder om aandag op haarself te vestig.

Bennet en Adri beweeg na die sitkamer en hy steek die kaggel aan. Die snerpende koue in die vertrek neem af, maar seer harte bly agter.

Hulle sit in mekaar se omhelsing. Hy trek haar tot op sy skoot, en sy nestel haar kop in sy nek. Die trane het verminder, maar albei se wange bly klam.

"Liefste Adri. Dankie dat jy vandag by my is. Ouma het jou voorwaar na Kwikkiesdrif laat kom, vir my." Hy sug soos 'n kind nog 'n laaste snik weg en trek haar stywer teen hom vas.

"Ek is dankbaar dat dinge so uitgewerk het dat ek vandag hier kon wees vir jou."

* * * * * * * * *

Die graf van sy geliefde ouma Belle is nog oop. Regop en dapper staan Bennet in sy donker pak. Hy hou Adri se arm deurentyd vas. Hy kry sy krag van haar op hierdie dag van finale afskeid.

Adri is geklee in haar volledige verpleegstersuniform. Ingebore begrip en krag maak haar Bennet se anker. Sy is die versorger. Die engel, soos wat Florence Nightingale lank terug al voor gehoop het.

Aan haar anderkant staan Daleen, stilweg bedroef. Ouma Belle het ook in haar lewe 'n impak gemaak.

Sara staan aan Bennet, haar Bennie, se linkerkant. Op Kwikkiesdrif is die mense familie. Ook haar hart is vandag vol pyn, sy gaan haar ouma Belle so mis.

Daar is familie en mense uit die omgewing wat onbekend is aan Adri. Almal is egter baie vriendelik.

Kwikkiesdrif se werkers is almal teenwoordig om die laaste eerbewys te betoon.

Die veld rondom die begraafplaas is goed versorg en die windjie ritsel liggies deur die gras. Rustig staan die bome, bewaarders van hierdie stukkie aarde waar die voorvaders ter ruste lê.

Adri ervaar intense vrede. Ouma Belle sal sag rus hier. Dan steek daar 'n pyn deur haar hart by die besef dat sy nie dieselfde vrede oor haar ouers se heengaan het nie. Selfverwyt oor die intense verlies loop nog in 'n diep stroom deur haar binneste. Dit is haar skuld dat haar ouers op 'n jong ouderdom die aarde verlaat het. Hulle het nog 'n vooruitsig van 'n lang, goeie lewe voor hulle gehad. Dit is alles haar skuld!

Sy loop waar Bennet haar lei, maar verdrink in haar gedagtes.

Met Adri deurentyd naby hom, beweeg hy tussen die mense deur. Hy stel haar aan almal voor as sy verloofde. Haar aandag skeur los van die verlede en keer terug na haar onmiddellike omgewing. 'n Hartseer trek verskyn om haar mond terwyl sy almal se medelye wat ook tot haar uitgespreek word, aanvaar. Sy het immers waarlik lief geword vir ouma Belle.

Die tafel is oorlaai met eetgoed, volgens tradisie vir samesyn voordat die naastes alleen gelaat sal word. Tee, koffie en ook sop word bedien.

Hoofstuk 11

Waar die weke heen geglip het, weet Adri nie. As dit nie vir die miernes van bedrywighede by die kliniek was nie, sou sy sekerlik nooit die dae omgekry het nie. Sy was opreg verras toe Daleen gister hier uitslaan en aankondig dat dit skoolvakansie is. Sy het skoon daarvan vergeet!

"Ek is so bly dat die skole vir die paar dae rondom die langnaweek gesluit is. Ek wil jou net hier by my hê." Adri druk haar sus weereens teen haar vas.

"Ek is ook dankbaar. Dit het presies op die regte tyd gekom. Die leemte sonder ouma Belle hier, is tasbaar. Dis ongelooflik dat so ou klein mensie so groot impak op ons almal se lewens kon hê."

"Ai, Daleen, jy word nou gans te gou volwasse. Dankie dat jy my rots is en die mens is wat jy is."

"Môre, dames, julle sit al lekker vroeg met koffie, julle skrik beslis nie vir die laaste doodsnikke van die winter nie, nè, ek sou dink julle gaan nou net onder die donskomberse bly." Met sy eie beker koffie in die hand, neem Bennet plek by die tafel in.

Adri is dankbaar om 'n glimlag op sy gesig te sien. Sy het gevrees dat hy gaan terugtrek in sy eie hartseer en haar uitsluit. Sy was bekommerd omdat hy so afwesig was direk na ouma se afsterwe. Gelukkig het dit nie te lank geduur nie. Sy besef dat hy deur sy eie rouproses moes gaan. Sy het hom lief en wil daar wees vir hom, maar sy wil haar nie aan hom opdring nie.

"Ek het 'n voorstel. Die langnaweek lê voor, en alles is rustig hier op die plaas. Kom ons neem 'n kort vakansie. Ek het 'n strandhuis so drie ure van hier. Niks luuks nie, maar gerieflik en so naby aan die waters dat die ou grote sy branders hier by mens laat breek."

Sy woorde hang nog in die lug toe reageer Daleen al. "Oe! Dit sal lekker wees, ons was eeue laas by die see, toe Adri, sê ja."

Daleen se opgewondenheid is aansteeklik. Adri kan net glimlag. Waarom nie?

Ewe verspot gryp Bennet Daleen se hand en die twee voer 'n danspassie uit. Warmte kom lê in Adri as sy na die twee kyk. Hulle kom so goed oor die weg. Die hartseer oor ouma Belle se afsterwe sal seker nog lank met hul wees. Tog wink daar 'n nuwe toekoms ook. 'n Lewe hier op Kwikkiesdrif.

"Julle sal my tog nie toelaat om nee te sê nie, so ek stem in, ons gaan see toe!" voeg sy haar stem tot die besluit.

Sara help met die holderstebolder voorbereidings. Sy is bly dat hulle gaan, dit sal goed wees. Dalk sal dit die verloofdes bietjie meer vryerig maak. Gê-gê! lag sy innig. Sy en ou Pietman is in beheer. So, daar is geen rede tot kommer nie.

Genoeg kos vir 'n weermag word gepak. Die gerieflike vier by vier klink soos 'n familiemotor met Daleen wat onverpoosd babbel. Dit word 'n aangename rit.

Adri vang Bennet se blik op haar en sy glimlag skalks. Warmte versprei deur haar die oomblik wat hy sy sterk hand op haar bobeen plaas. Sy plaas haar fyner een bo-op syne. Is dit moontlik? Het sy pragtige lippe die woorde, Ek het jou lief, gemimiek?

Sy leun tevrede terug in haar sitplek. Sy sien uit na hierdie tydjie by die see. Die wegbreek is net wat hulle nodig het. Om te weet die man wat sy so onverwags lief gekry het, is naby, laat 'n aangename rilling deur haar liggaam trek. Afwagting dalk?

Die kusdorpie is in mistigheid toegevou. Straatlampe verlig die unieke huise met 'n sprokiesagtigheid. Dit is so 'n pragtige, ongerepte plekkie wat nog nie werklik onder die toeriste se radar gekom het nie.

"Bennet, ek het nie eers geweet dat dié stranddorpie bestaan nie. Is dit nie pragtig nie? Die rivier wat so deur die dorpie see toe kruie. Beeldskoon." Sy sug genoeglik. Salig is die woord vir dié juweeltjie.

"Ek is baie bly dat ek julle bekend kan stel aan my vakansiebestemming. Mense word telkens verras as hul vir die eerste maal hierdie prag ontdek. Ek kom self gans te min hier, maar daar is ook nie pret daarin om alleen na so plekkie te kom nie," kom dit mymerend. "Maar ons kan dit gerus meer doen, of wat sê julle?" Hy kyk met afwagting na die rooikop. Wat hy in haar oë lees, laat hom voel na bokspring.

Flink word hulle proviand en bagasie ingedra. Bennet het reeds vooraf met die agent gereël dat die krag aangeskakel word. Vars lug bol by die vensters in. Daar is geen tekens van stof nie. Die huis is gereed om gaste te verwelkom.

"Hier is genoeg slaapkamers dat elk sy eie kan hê, tensy julle twee sussies bang is, soos ek my herinner, glo julle mos in tokkelossies," korswel hy.

Hulle beloon hom met gesigte so lelik vertrek as moontlik.

Ten spyte van die mistigheid, is dit glad nie koud nie. Soos kinders dartel die twee vroue deur die huis en bekyk alles. Dit is 'n groot bonus dat elke kamer op die see uitkyk. Met die ruim vensters oopgegooi, breek die groot golwe so naby dat die ligte sout bries jou wange kus.

Terwyl Daleen haarself tuismaak, skink Bennett vir hom en Adri wyn. "Hierso, mooiste vrou, dankie dat julle hier by my is. Kom ons klink 'n glasie op die toekoms."

Dit is duidelik dat die laaste paar weke se hartseer en spanning besig is om uit Bennet die wyk te neem. Ouma sal in hul harte voortleef, maar dit is tyd om aan te beweeg. Hulle kan die samesyn hier geniet. Die ligter atmosfeer indrink.

"Jy is vol geheime, meneer Bennie, maar ek is net so bly om hier te wees. Die see het altyd so siel skoonmakende effek op my. Dis ongelooflik dat die branders sommer hier, by ons breek." Haar glimlag helder die pragtige oë op.

Hy trek haar onder sy blad in, sy nestel nader en voel sy lippe op haar voorkop druk. "Adri, ek en jy hoort saam, dink jy nie ons kan dinge nou maar verder neem nie? Soos regtig aan trou dink?" Hy versprei innige soentjies tot in haar nek.

Sy woorde betrap haar effens onkant, al is dit presies wat sy wil hoor. Haar hartklop versnel.

Sy draai in sy arms en lig haar lippe op na hom. Onweerstaanbaar. Die man laat ook nie op hom wag nie, sy lippe omvou hare. Die soen kry momentum, verinnig. Die twee gee hulself oor aan die hartstog wat smeul, maar nog nooit regtig volkome vlamgevat het nie.

"Adri, jy moet ...." Daleen sluk haar woorde summier. Nee wat, haar ousus kan beslis later hoor van die boot ver op die horison. Sy sluip op haar tone weg en onderdruk met moeite die begeerte om te sing en dans. Kupido kry momentum. Dit is die beste nuus ooit.

Die twee lyk of hulle stadig vanaf 'n ander planeet terugkeer. Genoodsaak deur asemnood. Adri bloos, en raak liggies aan haar lippe wat effens geswel voel. Sy is definitief goed bemin.

Bennet se oë skyn wasig. Hy kom pas terug van 'n eiland vol passie. Sjoe, hy het nie gedink daar skuil soveel hartstog tussen hulle twee nie. Die toekoms lyk meteens baie rooskleurig. Hy moet nou sy skape in die kraal kry en Adri sy vrou maak.

Albei effe onklaar oor die paar oomblikke van onbeperkte emosie. Adri is opeens haastig om haar kamer te verken. Sy moet haar emosies onder beheer kry. Sy het nie gedink Bennet kan so vurig wees nie. Daar is egter geen klagtes van haar kant nie. Sy glimlag ingenome.

"Adri, hoe lyk dit vir my dinge vorder nou met rasse skrede tussen julle? Ek is so bly, ek was so bang dat jy nou na ouma se dood, weer sou rustelose voete kry." Daleen plons op Adri se bed neer. Diskresie is nie een van haar bates nie.

"Die Vader het my weë bepaal. Die kliniek op Kwikkiesdrif het op die regte tyd gekom. Vir ons almal. Veral vir my. Bennet en ek het 'n toekoms voor ons. Waarvan jy natuurlik altyd deel sal wees. O, Daleen, ek is so verlief. So heerlik verlief."

Hulle lag vrolik saam. Daleen het selde nog hierdie sorgelose, gelukkige sy van haar ousus ervaar. Minute later stap hulle na die kombuis, op soek na Bennet.

"Ek het gevoel, die water is heerlik warm, julle kan stort. Ek gaan gou vir ons aandete kry. Vis en tjips reg vir my dames?"

Snoesig in warm sweetpakke, wag die twee op hom. Die aandlug het verrassend vinnig kouer geword sedert hulle netnou arriveer het. Borde en bekers is gereed en die koffiewater moet net kook. Die koel seelug vergesel Bennet by die deur in. Die sout in die lug kan geproe word.

"Hmm, die vis en tjips ruik hemels." Daleen asem die geur diep in.

"Hierdie viswinkel is bekend vir hulle heerlike vis en tjips, kry vir julle, ek spoel net gou my hande."

Hulle wag dat hy eers terugkom voor hulle aansit om te eet.

"Dit was nou lekker, ek is nou vaatjie vol" Bennet vee sy hande aan die jammerlappie af. Die rustige atmosfeer en die geluid van die see bring 'n loomheid oor al drie van hulle.

"Verskoon my, ek gaan kamer toe. Ek wil graag môre vroeg die strand verken. Lekker slaap julle." Met 'n lang gaap verdwyn Daleen gang af.

"Ek gaan gou deur die stort spring, wag vir my, dan sluit ons die aand met 'n koffie af. Reg met jou?" Die lig in sy oë hou belofte in.

"Natuurlik, Bennet."

Sy versorg die skottelgoed, kry skoon koffiebekers gereed en gaan staan voor die venster. In die verte flikker die ligtoring. Fosforstrepies is aan en af sigbaar op die branders, die mistige reuk van die groot waters sluip binne.

Sy is so in haar gedagtes verweef dat sy eers van Bennet bewus raak wanneer hy sy arms om haar plaas en haar rug teen hom aantrek.

"Hmm, jy ruik vars en skoon." Behaaglik leun sy teen hom. Die hardheid van sy lyf druk teen haar en sy arms kom onder haar borste tot ruste. Die oomblik is net so volmaak.

Hulle geniet die stomende koffie in stilte. Die atmosfeer is salig en woorde oorbodig.

"Adri," verbreek hy na 'n wyle die stilte.

"Ek luister." Sy sit droomverlore voor haar en uitstaar.

"As ek nie soveel respek vir jou gehad het nie, het ek jou vanaand saam na my bed geneem." Sy stem is skor en sy oë gloei van onderdrukte hartstog.

"Jy is so 'n goeie man, Bennet, dankie vir die respek. Ek wil ook graag by jou wees, maar daar is Daleen om aan te dink." Sy sluk droog. Die intieme onderwerp is nie iets waaroor sy vrylik kan praat nie.

"Kom, mooiste, laat ons gaan slaap. Jy hoor Daleen wil vroeg uit." Hy trek haar uit die stoel op.

Voor hy haar by haar kamer laat ingaan, eis hy eers weer haar lippe in 'n hartstogtelike kus op. Sy hande gly liefkosend oor haar rug, omvou haar boude en stoot haar dan weg. "Kooi toe, Delila."

Sy lag saggies toe hy haar ferm by haar kamerdeur instoot. Behoorlik asof hy homself nie langer vertrou nie.

* * * * * * * * * *

Adri forseer haar oë oop, dis skaars lig en sy ruik voorwaar koffie. Sal dit al Bennet wees? Die note van *You are my sunshine*, bereik haar ore. Dit is haar verloofde se pragtige stem. Sy glimlag by haarself. Hoe wonderlik is die gedagte, haar verloofde.

"Kom, Daleen, ons gaan verras daardie slaapkous ousus van jou met koffie in die bed," blaker die manstem gang af.

Daleen, wat al gretig is vir die strand, is gou by hom en dra die beskuit.

Adri beur tussen haar rooi hare deur, haar oë nog dik geslaap. "Is julle mal, dis nog nag! Wie het julle altemit genooi?" Haar protes val op dowe ore, daar skuif bedmaats aan weerskante van haar in. Al wat sy kan doen, is om orent te kom en haar beker koffie te neem.

"Mense, Rooikop, jy word sowaar deurmekaar wakker, kom sluk jou koffie, dat ons kan gaan stap."

Die briesie wat saam met die mis oor die see kom, is koel maar tog verfrissend, en glad nie so koud soos gisteraand nie. Daleen draf energiek vooruit, terwyl Bennet met Adri se hand in syne 'n rustiger pas inslaan. Sodra haar oog 'n skulpie vang, buk Adri, sy kan die mooi volmaakte skeppinkies nie weerstaan nie.

"Hokaai, jy maak my sakke vol sand," word daar gekeer toe die soveelste skulpie in sy broeksak beland.

"Ag, skattie, jy gee mos nie om as jou liefie 'n versamelaar is nie, doen jy?" koggel sy hom met haar mond op 'n tuit getrek.

"Reg so, maar dit gaan jou kos!" Hy steel vlugtig 'n soen, en fluister by haar oor, "Is jy, is jy my liefie?"

Die haartjies op haar voorarms staan orent. Die intensiteit en belofte in sy stem, roer haar diep.

"As jy my wil hê as joune, kan ons praat daaroor."

"Ek wil, ek wil." Verspot raap hy haar in sy sterk arms op.

Sy lag uit haar keel en volg op met gille. "As jy my in die branders gooi, gaan jy boet, meneer Bennie!"

Op die spelerige noot, luier hulle strandlangs totdat hulle 'n restaurant bereik.

"Kyk, die plek strek tot in die water! Dit is so uniek." Sy is so ingenome dat sy hom letterlik agter haar aansleep.

Daleen wag hulle reeds in met gloeiende wange.

"Ek *stick* julle vir 'n drinkdingetjie, meisies, kom." Hy vergaap hom telkens aan die duo se kinderlike geesdrif en waardering van alles wat hulle waarneem en beleef. Sy hart klop diep en innig vir die pragtige rooikop. Hy het nooit gedink hy gaan so gou, so volkome, sy hart verloor nie.

"Ek kan nie glo hulle kon die plek so na aan die see oprig nie." Blinkoog met haar hande om 'n beker warm sjokolade, staar Adri na die branders wat rol en rol met 'n skuimende ritme. Dit is nie meer winterkoud nie, maar die hitte van die somer is ook nog 'n entjie weg.

"Julle! Kyk, daar is sowaar 'n walvis in die baai! Is dit nie ongelooflik nie!"

Die eienaar, wat Daleen se opgewekte uitroep gehoor het, kom nader.

Met die kennis van 'n oud inwoner wat sy wêreld goed ken, deel hy 'n paar interessante feite aangaande die reusagtige seediere met hulle. Hy is baie gretig om te gesels met ander wat omgee vir die aarde en die natuur.

"Hierdie is werklik die wonderskoonste dorpie." Daleen is duidelik onder bekoring van die kusdorp.

Bennet lê sy hand op hare. "As jy my help om die rooikop op stal te kry, kan ons drie in die somer hier kom wittebrood hou, wat sê jy, skoonsus?"

"Ek is mal daaroor, ons kan begin beplan." Daleen is opvallend gaande oor Bennet en is ywerig om die twee se knoop deur te haak.

"Gaan ek ten minste 'n sê in die beplanning hê, aangesien ek die bruid gaan wees?"

"Nee!" Kom dit tegelykertyd van die samesweerders.

Hulle drink hulle drankies klaar en neem dan die pad terug huis toe. Tydsaam, glad nie haastig nie. Hulle het die hele dag om rustig op die strand te spandeer.

"Hmm, hoe water my mond nou vir daardie tjoppies en wors wat jy van die plaas af saamgebring het." Daleen vee die lus van haar mond af. Sy is ingespan om vanaand die braaibroodjies te maak.

Terwyl sy dit doen, hou Adri haar dop. Haar sus kom so tevrede voor. Wat 'n genade dat sy so 'n lieflike, genoeglike jong vrou is.

Haar gedagtegang verander en wentel om die behaaglike gevoel in haar binneste. Dis asof haar hart presies op sy regte reëlmaat klop. Klop vir die boerseun wat met sy blink blou oë vir haar loer.

Sy bloos liggies, sy het geleer dat hy die mees romantiese, stout woordjies in haar oor kan fluister. Die onvermelde grense word egter nie oortree nie. Maar as sy so na hom luister, terwyl sy warm asem haar verlei, wag daar beslis 'n baie interessante, opwindende wittebrood op haar.

Nadat almal hul versadig geëet het, bring Bennet sy kitaar uit die vier by vier. Die kole gloei nog dieprooi en hulle stoele is in 'n halfmaan gepak.

"Julle kan versoeke rig en as ek kan, sing ek dit vir julle." Hy skuif gemaklik in die stoel en bring sy kitaar gereed, onder sy arm in. "Maar julle moet saamsing, nè?"

Die gewilde Country liedjies geniet voorkeur. Me and Bobby McGee, Help me make it through the night, Living next door to Alice. So laat Bennet die een op die ander volg. Hy geniet sy instrument en sy musikale stem vertolk elke lied onverbeterlik.

Die twee vrouestemme sing hier en daar saam, maar herken self dat sing nie hul forte is nie.

Hy gaan bêre sy kitaar en kom sit weer langs Adri. Hulle sit nog droomverlore en hoor skaars toe Daleen nagsê. Sy skud haar kop glimlaggend. Die twee verliefdes het nie 'n vyfde wiel nodig nie.

"Jy doen dit so mooi, Bennet." Adri sug dromerig.

"Daar is ander dinge wat ek ook baie mooi kan doen." Sy stoute knipoog en fyn insinuasie gaan haar nie verby nie. "Ek sien jou in my drome, hou jou vas en bemin jou."

Die hartstogtelike soen en die wyse wat sy mond hare verken en oorneem, laat haar smag na meer. Hy is die een wat halt roep, en sy kan nie anders as om sy uitsonderlike selfbeheersing te bewonder nie.

Hoofstuk 12

Terug op die plaas begin dinge in 'n roetine val. Die leemte wat ouma Belle gelaat het, sal nooit gevul kan word nie. Daleen is terug skool toe. Bennet boer en Adri is nou meer dikwels by die kliniek wat voltooiing nader. Daar is hope logistieke wat aandag verg. Sy is ook betrokke by die onderhoude van personeel vir die kliniek.

Winter het intussen volkome plek gemaak vir lente. Die dae is vars en gevul met die geure van verskeie bloeisels.

Een nag, na 'n buitengewone warm dag, pak die koolkoppe in die hemelruim saam. Weerlig blits, en donderslae dreun. Die huis steun en buite kraak bome.

Bennet skrik wakker, het hy hom verbeel dat hy 'n gil gehoor het? Dit is immers net hy en Adri hier. Ja, dit kom beslis van haar woonstel af.

Kaalvoet, flits in die hand, storm hy daarheen.

Die prentjie wat hy daar aantref, vul hom met deernis. Rooi hare in slierte, groen oë wyd gerek en verskrik. Die laken word teen haar bors in 'n bondel vasgeklem.

"Adri, meisie, toemaar ek is hier." Hy sak by haar op die bed neer en trek haar in sy arms. Net toe skeur nog 'n blits deur die hemelruim. Opgevolg deur 'n oorverdowende donderslag. Haar wasbleek gelaat meteens duidelik verlig in die oomblik. Sagkens sus hy haar in sy arms. Sy klou aan hom soos 'n piepklein, bang apie.

Dit neem 'n hele ruk voor die intensiteit van die storm afneem en Adri eindelik ophou bewe.

"Ai, nooi, ons sal daardie troudatum moet vasstel sodat jy altyd by my kan wees. Lyk my jy is maar 'n ou bangjan."

Al reaksie wat hy van haar kry, is 'n fluistering teen sy bors. "Dit is net donderweer en blitse wat my bangmaak. Verder is ek 'n dapper muis."

Hy lag. "Ek is so bly dat jy nog jou humorsin behou." Sy warm lippe kry rusplek teen haar voorkop.

* * * * * * * * *

Die groot dag breek uiteindelik aan. Die amptelike opening van die kliniek op Kwikkiesdrif.

Dit ontvou in 'n luisterryke geleentheid en die Departement van Gesondheid doen moeite om dit 'n onvergeetlike gebeurtenis te maak. Bennet kry erkenning vir sy bereidwilligheid om die grond beskikbaar te stel.

Hooggeplaastes kry 'n toer deur die spoggerige en goed toegeruste gebou. Die gemeenskap is werklik dankbaar en verheug oor die inisiatief.

Nou kan daar op grootskaals begin werk word. Personeel wat suksesvol in die onderhoude was, sal reeds môreoggend hulle poste vul.

Adri is voorlopig aangestel in 'n toesighoudende hoedanigheid. Die persone in beheer, asook die raad wat die kliniek oorsien, was dit eens dat sy die regte kandidaat vir die pos is. Sy is in haarself oortuig dat sy gereed is vir die verantwoordelikheid. Sy sal verantwoordbaar gehou word vir die funksionaliteit en funksionering van die dienste.

Tydens aandete deel Adri haar bekommernis met Bennet. "Ek is werklik verras dat die kliniek geakkrediteer word vir 'n gemeenskapsdiens. As sulks sal die dokter ook aan my moet rapporteer. Ek vertrou dat dit werkbaar sal wees. Jong dokters kan tog so maklik bedreig voel. Sommige hou nie daarvan om aan 'n professionele verpleegkundige verslag te lewer nie."

"Jy is die bestuurder, Adri, en die dokter moet maar sy of haar sterre dank om saam met iemand so vaardig soos jy te kan werk." Sy hand rus bemoedigend op hare.

* * * * * * * * *

Adri is vroegoggend by die kliniek. Sy wil die nuwe personeel persoonlik verwelkom. Eerste indrukke is immers blywend en sy gaan die voorbeeld stel.

"Nou ja, nou kan elkeen hom vereenselwig met sy pligtestaat en voorrade. Môre gaan ons amptelik begin om pasiënte te sien. Ek stel voor dat ons soggens met 'n kort vergadering afskop sodat ons almal op dieselfde bladsy bly. Kommunikasie is die belangrikste element van ons werk."

Die nuwe personeel knik instemmend. Hierdie suster in bevel boesem van die staanspoor af vertroue in. Sy kan beslis leiding neem.

Die eerste ontmoeting is agter die rug. Almal kom ywerig voor en Adri voorsien dat sy goed met hulle oor die weg sal kom. Die personeel is angstig om moue op te rol en besig te raak.

* * * * * * * * * *

Die eerste amptelike werksdag breek aan.

Adri en die verpleegpersoneel handel hul voorgenome vroegoggend vergadering vinnig af.

"Ons wag nou nog net op die dokter." Die afkeurende blik op haar horlosie, is 'n aanduiding aan die ander dat sy nie geneë is met laatkommery nie.

'n Stofstreep getuig dat iemand die gebou teen 'n hoë spoed nader. Die blink gevaarte kom in der waarheid op die kliniek afgepyl. Vies waai Adri die stofwolk wat hulle omhul, weg.

Alle oë is gevestig op die motor. Afwagtend. Die motordeur swaai oop en 'n man klim uit. Die ontwerpers-sonbril word bo-op sy kop gesit, van onder 'n blonde kuif, bekyk twee donker bruin oë sy omgewing.

"Is hierdie die Kwikkiesdrif Kliniek?" Die manier wat hy teen sy neus af na die groepie kyk, ontgaan Adri nie. Harde koejawel. Dit is die eerste gedagte wat sy vorm.

"Dokter Armand de Kock, neem ek aan? Ons het gewonder of jy nog kom." Adri het nou ook nie verniet rooi hare nie. Haar groet kan nie van warmte beskuldig word nie.

"Dit is ek, ja, ek het nou ook nie verwag dat my werksplek in die grammadoelas is nie." Sy dun lippe trek afwaarts.

"Wel, Dokter, dit hang seker af van jou definisie van grammadoelas, nè? Kom, dat ons begin. Ek is suster Adri Langeveldt, die toesighouer van die kliniek, ontmoet suster Bruintjies en suster Majola. Hierdie is verpleegster Jacobs en Ntsele. Ons ontvangsdame is Goldie Meyer. Welkom op Kwikkiesdrif." Sy draf saaklik deur die formaliteite.

"Jy lyk uitgeput, was die eerste amptelike werksdag erg?" Bennet kom daar aan net toe Adri die kliniek sluit. Die ander personeel is reeds weg.

"Nie liggaamlik moeg nie. Ons het heelwat pasiënte gesien. Gelukkig was die gevalle hanteerbaar. Die gemeenskapsdiensdokter en ek gaan mekaar nie maklik vind nie. Hy was laat, en boonop gee hy my die indruk dat hy homself hoog ag. In so beperkte werkspasie gaan dit lol. Verpleegsters hou nie daarvan om onderskat te word nie. So, hy sal moet saamwerk."

"Dis nou jammer, maar kom ons hoop hy kom gou terug aarde toe. Moet jou nie nou al te veel daaroor kwel nie."

Op pad huis toe stap hulle by Fiona en Shrek se kampie om. Die klein hoefdiertjie se lyf begin al hoe meer uitsit.

"Ag, ounooi, hoe gaan dit hier met die mamma-to-be? Ek hoop nie jy kry baie sooibrand nie. Bennet sê dokter Daniel kom jou weer môre sien." Liefdevol streel sy die dier se kop. Fiona hou haar intens dop, asof sy elke woord verstaan.

* * * * * * * * *

Die volgende oggend werk Bennet se dinge so uit dat hy saam met Adri na die kliniek kan stap. Hy is nuuskierig om die personeel te ontmoet.

Dit is dan ook nie 'n verrassing dat daar reeds 'n groepie pasiënte rondstaan nie. Die mense het die nuus van die kliniek wyd gehoor. Sommige het werklik 'n klagte, van die ander is eenvoudig meelopers.

"Ah, goeiemôre, almal. Gee net 'n kansie, ons gaan nou-nou met julle wees," groet Adri. Die meeste van die mense daar, is bekend aan Bennet en hy word hartlik gegroet.

Na 'n rukkie wat hy daar rondgedwaal het, verskoon hy homself. Sy boerdery wag. "Jy moet 'n goeie dag hê, my lief, ek kan sien dat jy 'n agtermekaar span het. Julle is gereed vir julle dagtaak. Ek moet nou gaan kyk dat die plaas floreer."

"Baie dankie, jy moet jou dag ook geniet, Bennet."

Hy draai om, stop dan in sy spore. "Sjoe, en dit nou? Wie het dan die duiwel agter hom?" Hy staar verwonderd na die motor, wat soos die vorige dag, die paadjie opgejaag kom.

Met die uitklimslag reeds, kan hy sien waarom dié outjie Adri so verkeerd opvryf. Hy lyk presies na die soort wat die wit waks uit 'n mens kan irriteer. Die klein twak beter in sy spore trap, hy ken nie van rooikoppe nie, en boonop het hiérdie rooikop die baas van Kwikkiesdrif bankvas agter haar.

"Môre, mense, jammer, hierdie onbegonne plaaspad van julle is nie goed vir my motor nie." Met 'n terug skud van sy lang kuif betrag hy Bennet 'n slag op en af. "Môre, ek neem aan jy is die baas van die plaas?" Weereens is daar 'n smalende noot te bespeur.

"En jy is seker die leerlingdokter, of wat noem mens julle?" Hy swig onder die versoeking om ook 'n snedige steek in te kry. "Ek is Bennet, die eienaar van die plaas. Ek is ook die verloofde van die bestuurder van hierdie kliniek. Totsiens, Adri, mooi dag vir julle elkeen." Sy stewels roer die grond soos hy driftig wegstap. Die jong dokter gee hom summier slegte spysvertering.

Hoofstuk 13

Die eerste funksionele week van die kliniek snel verby. Adri moet haar beste bestuursvernuf uithaal om te verseker dat slegs primêre gesondheidsgevalle hanteer word. Die gemeenskap word so dikwels teleurgestel met lang wagtye en dan onvoldoende sorg by ongevalle afdelings. Hier sien hulle nou nuwe hoop en hulle verwagtinge is groot.

Sondag skuif Bennet met die twee sussies by hom, in die kerkbank in. Saterdag het gekom en gegaan in 'n oogwink. Die predikant kom energiek voor.

'n Behaaglike gevoel van vrede daal oor Adri. Die week het sy uitdagings maar vele belonings gehad. Nou kan sy net die Hemelse Vader dank vir al die genadegawes.

Bennet glimlag stilweg. Hoe intens is haar meelewing en gewydheid nie. Sy groot hand omvou hare, en hy voel hoe sy ontspan teen hom. Haar liggaam skuif 'n fraksie nader aan hom. Sy dierbare rooikop.

Daleen verkies om na kerk reeds terug koshuis toe te gaan. "Dit is net te lekker op Kwikkiesdrif, daar sal ek nie leer nie, en 'n belangrike toetsreeks skop die week af. So, ek gaan julle twee duifies die middag saam gun. Laai my asseblief af, nadat ons 'n draai by Kentucky Fried Chicken gemaak het."

"Met plesier, kleinsus, kry genoeg vir jou maters ook, 'n koshuisbrak is maar altyd honger, nè?"

Daleen klap haar hande ingenome saam. Sy weet dat daar van haar vriendinne is wat nie hierdie naweek die koshuis verlaat het nie. Graad twaalf is glad nie kinderspeletjies nie.

"Sara het ons bederf met kouevleis en slaai, en tot poeding ook! Kan ons gaan piekniek hou by die driffie, Bennet? Die dae is nou so volmaak en heerlik sonnig."

"Natuurlik, skep jy vir ons in bakkies, ek kry 'n kombers en die piekniekmandjie."

Kerkklere verruil vir gemakliker ontspanne drag, stap hulle rustig na die driffie waar 'n stroompie kabbel. Die wilgertakke swiep laag en verskaf lieflike koelte. Ben en Bapsie hardloop opgewonde vooruit.

"Wat 'n wonderskone plek. Ons is so geseënd. Dankie, Bennet, dat jy my deel van hierdie paradys maak."

Versadig geëet, lê hulle op die kombers. Adri kyk in Bennet se oë. Elke keer verdrink sy in die besonderse blou daarvan.

"My liewe Adri, ek kan nie glo dat die meetsnoere so reg vir my geval het nie. Ouma Belle het jou na my gelei. Ek het gedink ek is bestem om maar 'n oujongkêrel vol geite te word." Hy trek hy haar nader aan hom. Sy beweeg gewillig saam. Die koelte onder die wilgerboom word opeens baie warm.

"So, my liefste Adri, kan ons troue beplan vir begin van Desember?" Sy oë brand innig in hare, wag angstig op haar antwoord.

"Ek is met jou, jy weet, daar is geen rede waarom ons langer moet wag nie. Ons is grootmense en ek het net vir Daleen. Jy weet deeglik dat sy die grond aanbid waarop jy loop." Haar vinger streel oor sy aantreklike gesig.

"Natuurlik is ek dol oor my aanstaande kleinsus ook. Aangesien daar min familie in my kraal is, kan ons vinnig reëlings tref. Ek is baie lief vir jou, my rooikop, daar gaan nog baie mooi tye tussen ons wees. Ek kan nie wag om my lewe volkome met jou te deel nie." Met 'n stout knipoog in haar rigting, voeg hy by, "Boonop sal kleingoed op Kwikkiesdrif net 'n bonus wees."

"Jy het beslis ook my hart gesteel, boer Bennie, ek kan nie anders as om dolverlief op jou te wees nie. Ek sien ook uit daarna om jou vrou te wees. Kwikkiesdrif se baas." Verleidelik terg sy hom met 'n soen wat sy begeerte laat vlamvat.

"Jy laat my bloed kook, maar ek en jy gaan soet wees totdat die *I do's* gespreek is. Dit belowe ek jou." Sy belofte weerhou hom egter nie daarvan om haar deeglik te bemin nie. Hulle eindig uitasem en hygend op die kombers. Albei het 'n oomblik nodig om tot verhaal te kom.

* * * * * * * * *

Adri wil so graag net die energie wat die kliniek in haar binneste bring, opslurp. Die prikkelende romanse tussen haar en Bennet groei en hulle sweef op passie.

Die stof is blykbaar nog nie heeltemal uit Kwikkiesdrif se pad gery nie. Hierdie keer is dit egter nie die irriterende, laatkommer dokter nie. "Ag nee, tog, dit is madam Agatha! Waaraan sal ons haar besoek te danke hê?"

Suster Bruintjies se blik rus vraend op Adri. "Het Suster gepraat?" Dan sien sy die blondine op hemelhoë hakke. "Oe, van daardie een het ek al gehoor. Sy lyk glad nie siek nie. Ek sal gou gaan hoor wat gaande is." Suster Bruintjies se geronde lyf verdwyn in die gang.

Adri slaak 'n sug van verligting. Hopelik spring sy die arrogante merrie vry.

Geluk is nie aan haar kant nie. Suster Bruintjies is spoedig terug. "Suster Adri, die dame dring aan om jou, spesifiek, te sien. Sy is glad nie hier om ons geluk toe te wens nie."

Sy byt haar kake in 'n stywe lyn. Haar binnegoed voel opeens suur. Vinnig spoel sy haar hande af en stap met doelgerigte treë na waar die doring in haar vlees wag.

"Agatha, waarmee kan ek jou help?"

Die blondine staan reeds ongeduldig en rondtrap. Haar sonbril is op haar kop gestoot. "Vir die werkersklas is ek mejuffrou Du Pont." Die lippe, met dik lae lipstiffie, word op 'n nydige streep getrek.

"Ag, verskoon my tog, hoogedele dame, en waarmee wil jy ons nederige kliniek vereer? Donasies is altyd welkom. Soos jy kan sien, lê ons 'n groentetuin aan. Vrywilligers is altyd welkom. Veral daar waar die kunsmis ingewerk word."

"Moenie jou met my kom staan en slim hou nie, ek is hier om jou 'n persoonlike waarskuwing te gee. Jy soek moeilikheid met die leuens oor 'n voorgenome huwelik met Bennie. Hy is myne en sal met my trou." Die oë in die swaar gegrimeerde gesig, skiet pyle uit. Haar rooi geverfde naels soos kattekloue geklem, gereed om haar prooi te takel.

"Siestog, Agatha, ek sien nou wat makeer, maar ons lewer ongelukkig geen psigiatriese dienste by ons kliniek nie. Daarvoor moet jy die dorp se kliniek besoek. Ek glo egter dat 'n hooggeplaaste soos jy, sekerlik 'n privaat psigiater wil besoek. Ek het 'n lys van name." Teen die tyd dat Adri haar woordevloed afsluit, hang Agatha se mond oop.

Sy kry gou haar stem terug en skreeu, "Jy gaan jammer wees, hoor my mooi! Jy en jou snip van 'n suster sal nog stert tussen die bene hier weg.

Indringers!" Die ongelooflike hoë hakke ontgeld dit soos sy oor die klippies wegstorm.

Die personeel wat deur die venster loer, verlustig hul in die spektakel wat die blondine van haarself maak.

"Kom mense, terug werk toe, die sirkus het vertrek. Hopelik is haar onaangename aroma saam met haar." Adri poog om die gedoente ligtelik af te maak, maar in haar binneste kook dit. Die vervlakste vroumens bring die slegste in haar uit.

Hoofstuk 14

"En nou, my liefling, as jy so weemoedig lyk? Wat gaan deur daardie mooi kop van jou? Kry jy nie die uitnodigings na jou sin nie?"

Trane dam op in Adri se oë. "Dit is nie dit nie, ek besef met 'n skok dat ek feitlik geen mense het om te nooi nie. Hoe pateties is dit nie!" Ongekende emosies oorval haar.

Bennet trek haar in sy arms en druk soene oral oor haar gesig. By elke ooghoek soen sy warm lippe haar trane saggies weg.

"My dierbaar, kan dit dan so erg wees? Ons gaan mos in elk geval nie groot nie. Boonop trou ons hier op Kwikkiesdrif. Net die klompie mense wat belangrik is in ons lewens, is nodig."

Haar asemhaling raak swaar, haar bors trek toe. "Ek kan nie met jou trou nie." Die woorde word skaars hoorbaar geuiter terwyl sy haar losmaak uit sy omhelsing.

"Ekskuus?"

"Nie voor jy weet nie."

Sy hart mis 'n slag. "Weet? Waarvan?"

"My ouers is albei in 'n motorongeluk oorlede, ongeveer vyf jaar gelede."

Hy het lankal afgelei dat haar ouers oorlede is, en hy wag al net so lank dat sy daaroor praat. Hy is nietemin verstom dat sy dit gebruik as 'n verskoning om nie meer met hom te trou nie. "Dit is verskriklik, my liefling! Ek is so jammer om dit te hoor, maar wat het dit met ons troue te doen?"

"Alles! Verstaan jy dan nie? Ek was verantwoordelik vir hulle afsterwe." Sy bars in trane uit.

Hy skud sy kop verward, trek haar weer in sy arms in. "Toemaar, toemaar," troos hy tot haar ergste snikke bedaar. "Wat het gebeur?"

"Jy gaan my haat," fluister sy.

"Ek sal jou nooit haat nie, Adri."

"Dit is wat jy nou sê, maar ek gaan jou in elk geval vertel. Ek kan nie voortgaan met die troue as jy nie die waarheid weet nie. As dit later uitkom, sal jy my verkwalik en blameer dat ek jou in die duister gehou het."

Hy skud sy kop. "Ek sal nie, maar laat ek hoor?"

"Ek ... ek was destyds so rebels, skaars twintig jaar oud. Ek het nog my leerlingbestuurderslisensie gehad en sou eers 'n paar maande later vir my bestuurderslisensie gaan." Haar hart klop in haar keel. Sy het hierdie detail nog nooit met enigiemand gedeel nie. Dit is te seer, te rou en die skuldgevoel is te swaar.

"Ek luister."

"Ek het daardie dag aangedring om te bestuur, maar my pa was daarteen gekant en dit het in 'n hewige woordewisseling ontaard. Later het hy ingegee en die sleutels vir my gegooi en gesê my hardkoppigheid gaan my nog eendag duur te staan kom. Selfs my ma was kwaad vir my, maar ek was trots daarop dat ek die argument gewen het. Ons is toe almal in die motor in en ek het met 'n vaart weggetrek, tot my pa se ontsteltenis, natuurlik. Waarom ek so windmakerig was, weet ek tot vandag toe nie. Ek het vinniger op die grondpad gery as wat ek nog die ervaring voor gehad het ... die motor het gerol en ... hulle is albei op die toneel dood verklaar."

Sy stop om die trane van haar wange af te vee, praat dan verder. "Die laaste oomblikke saam met my ouers was besaai met ongeduld en rusie. Ons laaste ervaring saam as gesin, was dié van woede en frustrasie. Hulle het nog sulke goeie lewensvooruitsigte gehad, wat deur my toedoen in een enkele insident vernietig is."

Sy hart bloei vir sy rooikop. "My dierbare Adri, dit is iets verskrikliks wat gebeur het, maar jy kan nie aanhou om jouself daaroor te kasty nie."

"As ek maar net daardie dag na my pa geluister het, sou dit nie gebeur het nie. Ek het hulle dood veroorsaak en ek sal myself nooit daarvoor kan vergewe nie."

"Ek verstaan waarom jy so voel, maar ons almal is die een of ander tyd wederstrewig, veral tydens ons jonger, tiener jare. Mag ek vra, het jy die spoedgrens oorskry toe die ongeluk gebeur het?"

"Nee."

"Ek glo daar was 'n polisieondersoek?"

"Ja, natuurlik."

"Het hulle bevind dat jy verantwoordelik was vir die ongeluk? Was jy gearresteer of skuldig bevind aan manslag?"

"Nee, ek moes uitswaai vir 'n voertuig wat van voor af gejaag gekom en aan ons kant van die grondpad gery het. Dié ou het op die laaste oomblik uitgeswaai en iewers in die veld tot stilstand gekom. Die alkoholvlakke in sy bloed was blykbaar baie hoog, en hy is gearresteer."

"Nou, jy sien? Jy is nie verantwoordelik vir jou ouers se afsterwe nie. Ongelukke gebeur daagliks en onskuldige mense ly daaronder. Jy was bloot die ongelukkige een agter die stuurwiel wat 'n kop-aan-kop botsing moes vermy. Dit kon met enigiemand gebeur het, ook met ervare bestuurders. Selfs as jou pa daardie dag bestuur het, is dit nie 'n waarborg dat dinge anders sou uitdraai nie."

'n Snik skeur uit haar binneste los. "Dit is seker waar, maar as ek nie daardie dag so eiesinnig was nie, sou ek nie die een gewees het wat die ongeluk moes probeer vermy nie."

"Adri, skat, jy dra hierdie swaar las heeltemal onnodig saam met jou. Jy is onskuldig, glo dit, asseblief. As jy skuldig was, sou die polisie aksie geneem het, glo my."

"Dink jy regtig so? Dat ek onskuldig is? Verag jy my nie?"

"Ja, ek dink regtig so, en nee, ek verag jou nie. Ek het jou lief en is werklik jammer dat so iets jou moes oorkom. Het jy en Daleen nie ernstige beserings opgedoen tydens die ongeluk nie?"

"Daleen was gelukkig nog in die skool daardie oggend, so sy was nie in die motor nie. Wonder bo wonder het ek net ligte beserings opgedoen."

"Dit is ten minste goeie nuus. Hoe het Daleen die ongeluk verwerk?"

"Sy was natuurlik baie hartseer oor die verlies van ons ouers. Sy het my nooit verwyt vir die ongeluk nie, maar ek dink dit is maar net omdat sy nie weet van my en ons ouers se twisgesprek voor die tyd nie. Sy weet nie hoe onversetlik ek aangedring het om te bestuur, en hoe my pa daarteen geskop het nie. Ek het dit nooit vir haar vertel nie."

"Dit is inligting wat sy nie nodig het om te weet nie, Adri. Jonger mense is gedurig in geskille met hul ouers. Dit is nie 'n vreemde verskynsel nie. Dit is eintlik heel normaal dat jy en jou ouers koppe sou stamp. Ongelukkig het daar iets verskrikliks gebeur na julle dispuut, maar dit is steeds nie iets waarvoor jy die blaam hoef te dra nie."

"Jy laat my nou baie beter voel oor alles, dankie, Bennet. Miskien is dit tyd dat ek myself vergewe en daardie deel van my lewe vir eens en altyd agter my sit."

"Dit is hoogtyd, my liefling."

Sy gooi haar arms om sy nek. "Dankie, jy is so dierbaar en bedagsaam." Vir die eerste keer sedert die ongeluk, ondervind sy 'n mate van berusting.

Sy stuur haar gedagtes doelbewus terug na die troureëlings. Solank Daleen, Sara en die kliniek se personeel daar is, is dit genoeg. Hulle is haar familie. O ja, daar is darem 'n neef en sy gade wat sy kan nooi.

Met hernude ywer takel sy die uitnodigings. Die tyd stap haastig aan na die beplande troudatum.

Terselfdertyd is Daleen op die hond se stert met die eksamens. Eersdaags is haar skoolloopbaan iets van die verlede.

Bennet trek sy jong buurman, Eben, nader om hom as strooijonker by te staan. Die hubare jong man is sober en waardig om 'n goeie metgesel vir Daleen, as die strooimeisie, te wees.

Selfs in haar wildste drome het Adri nooit kon dink dat daar soveel reëlings gepaard gaan in die beplanning van 'n bruilof nie. Selfs nie vir 'n klein intieme geleentheid, soos wat hulle in gedagte het nie.

* * * * * * * * *

Die kliniek kry daagliks meer momentum en vereis baie van haar tyd. Saans moet sy en Bennet, met Sara se hulp, bontstaan om al die reëlings te vermag. Tyd vlieg en gou is daar slegs twee weke oor voor die bruilof.

"Ek is so bly dat jy hierdie oop dag in jou eksamenrooster het, ek kan tog nie alleen gaan trourok soek nie."

"Nee, dit sou nie deug nie, buitendien moet ek darem nie afsteek by my sus, die bruid nie." Die twee klets en beplan sover as wat die pad stad toe strek.

"Ons gaan nou eers 'n heerlike ontbyt inwerk, krag kry vir hierdie *outing*. Naas operasie trourok-soek, is daar nog 'n paar ander draaie wat ons moet maak." Adri is so stralend soos net 'n bruid kan wees. "Daar is veral die spesifieke winkel, wat volgens die tydskrifte, die allerfraaiste Kersversierings het. Ek wil alles sprokiesmooi maak op Kwikkiesdrif vir ons eerste Kersfees as 'n gesin. Ek, jy en Bennet tesame met Kwikkiesdrif se mense. Ek het planne om vir hulle iets spesiaals te doen, tesame met die kliniek se personeel."

"Jy het duidelik groot planne, ek kan ook nie wag nie, want dan is die eksamen op 'n einde."

Met smaak verorber hulle 'n voortreflike ontbyt. Daarna is albei gereed vir die taak op hande. Daar moet trourok gesoek word, asook die strooimeisie se uitrusting.

"Kyk, Daleen, daar is my rok. Elegant, dog eenvoudig. Hou duim vas dat dit my pas."

Die verkoopsdame gee 'n hand by, en die skepping gly soos 'n droom oor die voornemende bruid se perfekte figuur.

"Wow! Jy lyk soos 'n prinses in daardie skepping, Adri, en met hierdie skoene daarby. Perfek. Pas jou soos 'n handskoen." Daleen bekyk haar van alle kante.

Sy draai en vertoon die rok soos 'n gebore model. "Myne, hierdie rok is presies vir my gemaak. Ek gaan dit neem." Hoog in haar skik trek sy weer die feetjiemooi rok uit. Al die nodige toebehore en bykomstighede word bygevoeg.

"Ek sal seker later lang trane huil oor vandag se spandabelrigheid."

'n Kort gilletjie glip uit Daleen se mond. "Kyk daar! Is dit nou nie 'n bestiering dat als so goed uitwerk nie? Sowaar hang my rok in die selfde boutique as joune." In ekstase pas sy die rok aan.

"Ai, sussie, wanneer het jy 'n volwasse vrou geword? Jy is pragtig! Bennet sal daardie Eben voor stok moet kry voordat hy aan jou mag raak." Adri voel hoe trane van trots in haar oë brand. Haar dierbare Daleen het oornag 'n grootmens geword.

"Genade, vroumense, het julle iets vir die ander in die stad oorgelos? Ek kan sien dit was 'n baie suksesvolle dag. Mag ek darem sien wat julle alles gekoop het?" Dit is vir Bennet 'n riem onder die hart om die twee ingenome dames tuis te verwelkom.

"Net nie ons trouklere nie, die res sal ons jou wys, staal jouself," kom dit van Daleen.

Hy deel in hulle vreugde terwyl hulle geesdriftig al die aankope wys. Hier en daar word 'n pakkie geheimsinnig, met vele giggels, vlugtig weggesteek. Hy besef dat hulle hom nie kans gaan gee om skelmpies te loer nie. 'n Glimlag pluk aan sy mondhoeke, hy het 'n sterk vermoede wat dit is, hy sal dus wel sy geleentheid na die troue kry ...

"En daardie grinnik, Bennet, jy lyk soos 'n kat wat 'n piering room gekry het?" Adri trek haar wenkbroue hoog teen haar voorkop op.

"'n Man mag seker droom, mag hy nie, my skat?"

* * * * * * * * * *

Adri vee vies oor haar gesig. Wat hoor sy? Is dit nie genoeg dat die hitte haar so 'n kloppende hoofpyn besorg het nie? Die huis behoort stil te wees. Bennet is nog nie terug van die Koöperasie nie en Sara is ook al huis toe. Sy sal moet gaan kyk. Daar hoor sy weer iets, dit kom vanuit haar woonstel se rigting. Wat kan dit tog wees? Sy sluip versigtig op haar tone die gang af.

Vir haar slinkse plan, het Agatha haar hoë hakke verruil vir tekkies. Die vrou by die Koöperasie het bevestig dat Bennet daar is. Sy het dus genoeg tyd. Die rooikop heks is sekerlik nog by die kliniek besig. Bose oë glinster. In haar skik dat sy haar tyd goed afgewag het. Gelukkig ken sy die agterpaadjie wat nie aan die huis se voorkant sigbaar is nie. So, sy is oortuig dat sy ongesiens gekom het.

Baie dom van die indringervroumens om haar woonstel so ongesluit te los. Gmpf, as sy maar weet. Agatha is nie haar maatjie nie.

147

Met sagte treë is sy binne. Dêmmit! Wat soek die vervlakste stoel in haar pad! Gelukkig is ou Sara ook al huis toe. Niemand sal haar hoor nie.

Die rok sal seker in die hangkas wees. Deure word oopgeruk en toegeslaan. Baie op haar gemak gee die witkop nie om dat sy lawaai maak nie. A, hier is dit, oop en bloot. Jou waarlik, dit moet die rok in hierdie Boutique sloop wees. Boutique nogal. Wie dink die flerrie is sy?

Sy gooi die rok oor haar skouer en wil net hakskene wys, toe 'n stem haar in haar spore stuit. "Agatha! Wat maak jy in my woonstel! Jou skurk!"

Soos blits is Adri tussen haar en die buitedeur.

Agatha word bleek om die mond, dit het sy glad nie verwag nie. Die rooikop is nie veronderstel om hier te wees nie! Sy moes nie in haar vasgeloop het nie. Haar mond val oop.

"Jy hoort by die kliniek! Wat gaan nou aan?" Die blondine weet nie herwaarts of derwaarts nie. Sy wil net wegkom. Sy storm op Adri af en poog om verby te kom.

Adri is vinniger en met haar kaalvoet pootjie sy haar.

Die rondsluiper val soos so 'n sak patats op die vloer neer. Haar baie stywe minirok kortwiek haar pogings om orent te kom. "Jou, jou ..!" tier sy en vele woorde wat 'n matroos sal skaam maak, stroom oor haar lippe.

Agatha ontketen soveel woede en ongeduld, dat Adri haar vingers in die wit hare slaan en haar summier 'ophelp'. Sy is so gefrustreerd met die verspotte Barbie-pop, dat sy die klos hare in haar hand sommer 'n paar geniepsige plukke ook gee. "Uit, vroumens, voordat ek jou uithelp!" gil sy terwyl sy haar deur toe stoot.

Bennet is net betyds om sy verloofde soos 'n kwaai hen die waspop die woonstel uit te sien jaag.

Agatha steier baie onvroulik tot by haar motor.

"Sit jou voete weer hier en jy sal jammer wees!" roep Adri boos uit.

"Hierdie rooikop feeks is besete, help my, Bennet!"

"Ag, Agatha, skoert net voordat ek die een is wat jou oprol." Hy staan dreigend nader.

Sy gooi handdoek in en laat spaander, stert tussen die bene.

Adri storm terug na haar woonstel en hang haar rok weer netjies terug in die kas. "Gelukkig is my hoofpyn nou skoon weg, danksy die eskapade. Sal die dêm Agatha net nooit hoor nie? Amper trou ek in my Sondagrok," brom sy onderlangs.

"Vertel my weer, Adri, jy is toe nie eers bang om te gaan kyk wat jy hoor nie?" Bennet lag vir die soveelste maal kliphard.

"Dit was 'n beloning om haar soos 'n vrot vel oor die vloer te sien vlieg. Sy het glad nie my voet voor haar verwag nie. Sies, dit was seker baie lelik van my. Sy kon seker haar kierietjie bene gebreek het. Maar vervlaks, niemand gaan ons troue bederf nie."

Hoofstuk 15

Die Kersfeesmaand breek aan. Daleen is, ten spyte van 'n string waarskuwings, saam met 'n groepie vriende weg na 'n kusdorpie. Hulle wil die einde van hul skoolloopbaan vier.

Adri en Bennet kuier op hulle geliefkoosde bank. Die vroeë-aand sterretjies hang reeds die hemelruim vol. Sy hande streel oor Adri se skouers waar sy met haar rug teen sy gespierde borskas rus. Sedert daardie middag by die wilgerboom, hou hulle hul hartstog in toom.

Gelukkig dat hul albei gretig is om intimiteit vir die huweliksnag uit te stel. Dit is seker outyds, maar vir Adri is die belangrik dat sy haar droom van 'n maagdelike bruid kan behou. Haar respek vir Bennet verhoog steeds, die manier hoe hy haar behandel, spreek boekdele.

Haar gedagtegang skiet in 'n ander rigting, "Ek voel onrustig oor Fiona, siestog, sy staan die kampie vol. Die arme dingetjie dra sekerlik 'n baie gewigtige vulletjie."

Hy knik sy kop. "Kom ons gaan maak gou 'n draai by die stalle."

"Dokter Daniel het met sy laaste besoek gesê dat sy groot dra, dit kan dalk tweetjies wees, maar sy was so geïrriteerd en wou hom nie toelaat om 'n duidelike sonar te neem nie." Sy staan op, dankbaar dat hulle die jenny onder oë gaan kry voor die nag heeltemal daal. "Dankie, Bennet, ek sal beter slaap as ons by haar was."

"Natuurlik, Adri-skat, ek sou in elk geval gegaan het, kom, dit is eintlik 'n lieflike aand buite. Ek kry net die flits, ons wil nou nie op een of ander gedierte trap nie, die pofadders hou van hierdie hitte."

"Sies man, jy maak my nou bang, jy sal my moet abba." Sy ril. Reptiele, nie haar geliefkoosde spesie nie.

"Toemaar, hou net jou oë wawyd oop." Sy sterk vingers omvou hare en haar hart jubel. Hoe lief het sy die boerseun nie. Haar hart klop innig, net vir hom.

"Fiona, my dierbaar, is jy oukei? Is jy nou hartlik moeg vir hierdie swangerskap? Foeitog, ons arme vroumense moet ook maar swaarkry, nè?" Sy gesels kalmerend terwyl sy die donkie se kop streel.

Fiona se gewoonlik sagte ogies, het 'n koppige trek. Sy is grimmig. Dit maak nou nie saak of dit haar geliefde mense is nie. Sy wil nie gebodder word nie. Selfs dierbare ou Shrek kry dit hotagter. Met ore wat verleë hang, staan hy op 'n veilige afstand.

"Ja, hier is beslis verwikkelinge, kyk daar is reeds 'n sterk sekresie by haar spene sigbaar. Jou suster gaan spyt wees dat sy dié gebeurtenis misloop."

"Beslis! Gaan jy dokter Daniel in kennis stel, Bennet?" Sy is opgewonde. Hierdie gaan 'n eenmalige wonder wees om te aanskou. Sy is totaal opgeneem met die gedagte van 'n nuwe lewe.

Hy neem sy foon en maak die oproep na dokter Daniel, toe hy aflui, kyk hy na haar. "Dokter sê hy het 'n tawwe dag gehad, hy wil net so rukkie rus dan sal hy kom. Indien ons voel hy moet dadelik kom, sal hy. So, my lief, gaan jy saam met my nagdiens doen? Ek dink ons kan vir die volgende paar ure nog by die huis wees en dan elke uur kom kyk."

Daar word vele bekers koffie gedrink, geknibbel en baie gesels.

Die tweede keer wat hulle Fiona besoek, het sy 'n slymerige, bloederige afskeiding. Sy wil glad nie dat die besorgde paar naby haar kom nie. Met tussenposes trek haar liggaam saam en sy gee onrustige balkies.

"Ah, ek sien die jonge moeder het julle opgeroep. Wel, hier is ek ook." Dokter Daniel kom uitgerus voor. Professioneel en hulpvaardig. Geen sigbare tekens dat die dag vir hom vol uitdagings was nie.

Dit word 'n nag wat Adri haar lewe lank sal onthou. Die proses van baring waardeur die donkie gaan, is so na aan dié van 'n mens, dat sy skoon aangedaan voel. Eers toe die proses momentum kry en duidelik pynlik word, laat Fiona Adri toe om aan haar te raak.

Die teerheid waarmee sy die jenny hanteer, is kosbaar. Die twee pare mans oë ontmoet. 'n Knipoog van dokter Daniel ontketen 'n glimlag om Bennet se mondhoeke. Hierdie rooikop is beslis die vrou vir Kwikkiesdrif, sy mense en sy diere.

* * * * * * * * * *

Vroegoggend kontak Adri vir Daleen. "Dit is die pragtigste ou hingsie, lekker fris gebou, dié dat arme Fiona so swaar moes dra. Shrek is die trotsste pa ooit. Dis so jammer dat jy dit moes misloop, maar jy gaan die ou dingetjie op vry. Ek kan skaars wegbly by die stalle. Jy moet net sien hoe voed sy hom. Die Vader het alles werklik volmaak geskape."

"Agge nee! Kon sy nie geknyp het tot Kersfees nie, of ten minste tot ek terug is van my kort vakansie? Die veearts het dan gesê dit gaan 'n Kersfeesvulletjie wees."

"Ek het jou gewaarsku voor jy met verlof saam met jou vriende gegaan het," terg sy, alhoewel die waarskuwings absoluut niks te doen gehad het met 'n moontlike vroeë geboorte nie.

"Ja, ja, ek weet," sug Daleen melodramaties, en speel maar saam met haar ousus se tergery.

* * * * * * * * * *

Die laaste paar dae voor die troue ontaard in 'n woeste gewerskaf. Adri is steeds stomgeslaan dat daar soveel reëlings rondom 'n bruilof is.

Kwikkiesdrif se keurige tuin vertoon tans op sy beste. Bennet en sy werkers het die allermooiste koepel opgerig. Die pragtigste natuurlike rankrosies en vele rankplante versier dit. Die plaaslike kwekery het glad nie gekla dat 'n groot hoeveelheid van hulle voorraad Kwikkiesdrif toe pad gevind het nie. Wit stoele aan weerskante van 'n rooi tapyt word gepak vir die genooides.

Twee groot tafels word op die stoep reggesit. Daar sal vingerhappies en sjampanje en vrugtesappe bedien word. Sara en Tessie se spyseniering oortref al Adri se verwagtinge.

Dankbaar dat alles sover vlot verloop, gaan Adri na haar kamer waar sy haarself vir die bruilof begin gereed kry. Haar spieëlbeeld slaan beide haar en Daleen se asems weg. Beeldskoon. Haar koper lokke blink in die lamp se lig. Die grimering, met Daleen se hulp aangewend, is natuurlik, alhoewel dit steeds die pragtige gesig aksentueer.

"Ai, Adri, jy is beslis op jou pragtigste vandag. Bennet gaan in ekstase wees. Alhoewel hy altyd droomverlore lyk met jou in die nabyheid." Byna aanbiddend laat Daleen haar hand op haar suster se skouer huiwer. Sy snuif onvroulik, maar kan nie bekostig dat tranerigheid haar eie grimering smeer nie.

"Julle gaan so gelukkig wees, Adri, en ek glo ook, net geseënd. Jy verdien net geluk, en ek weet dat Bennet dit vir jou gaan gee."

"Sussie, ek is vandag so dankbaar dat jy by my is en my na Bennet gaan begelei."

Die klanke van die pragtigste musiek bereik hul ore; die teken dat hulle moet ingaan.

Daleen stap nie voor die bruid nie, maar langs haar.

Bennet staan by die predikant. Sy strooijonker neffens hom. Sy aantreklik gesig nog mooier met 'n wye glimlag. Sy aanstaande kom soos 'n visie uit 'n ander wêreld na hom gestap. Sy keel word droog en dit voel asof 'n groot klip sy binneste tref. Sy oë glinster met meer as net vreugde.

Die twee susters stap tot by die mobiele preekstoel.

Daar is 'n knop in Bennet se keel.

Stadig vou Daleen die sluier terug en soen Adri op die wang. Dan draai sy na Bennet en lê Adri se hand in dié van haar aanstaande eggenoot. Die oomblik is so spesiaal en gewyd dat menige oog 'n vogtigheid in kry.

Vandag dink hy besonder baie aan ouma Belle. Maar met 'n kinderlike naïwiteit glo hy dat sy teenwoordig is om die heuglike dag te aanskou.

* * * * * * * * *

Die strandhuis slaan Adri se asem weg. Alles is sprokiesmooi versier. Roosblare en gedempte ligte omskep dit in 'n romantiese droomwêreld.

"Bennet! Hoe het jy dit alles gedoen sonder om self hier te wees?"

"Ek ken 'n klompie handige mense hier, natuurlik van ons besoeke deur die jare. Die agent het alles gereël en my wense uitgevoer. Hou jy daarvan, my pragtige vrou?"

"Sommer baie, jy mag my nou neersit, my liewe Bennet, dan kan ons ontspan. Kyk, alles is gereed hier met eet en drinkgoed. Bly is ek nou, ek was te opgewonde om veel te eet op die plaas."

"Ek wou jou na 'n luukse hotel met prag en praal neem vir ons wittebrood, maar Daleen het my anders oortuig. Net solank jy dit geniet, is ek dolgelukkig."

"Daleen ken my so goed, hierdie strandhuis en alles hier by die see, is perfek. Dit is presies waar ek nou wil wees, en dit saam met jou. Eendag kan jy my mooi, deftige plekke gaan wys."

"Adri, ek sal alles binne my vermoë doen om jou altyd gelukkig te hou, jy is my kosbaarste geskenk. Kom hier, dat ek jou kan verorber."

Die passie waarmee hy haar lippe opeis, blaas die hartstog wat reeds in haar gloei tot ongekende hoogtes. Onkonvensioneel soos die pasgetroudes is, word daar nie gewag vir verleidelike nagkleertjies nie.

"Vergewe my, maar ek was nou lank genoeg die ordentlike boerseun. Nou wil ek jou net myne maak, met al die liefde in my."

"Ek dog jy gaan nooit die woorde sê nie. Nou waarvoor wag ons, kom my man." Soos baldadige tieners skarrel hul na die hoofslaapkamer.

Die bed is met spierwit linne oorgetrek en die aroma van die rooi rose, wat die kamer mildelik versier, omvou hulle.

Sy stem is skor. "Jy is 'n visioen, 'n droom wat waar geword het. Ek het jou so lief, my engel."

"Hmm, boerseun, ek is net so gek oor jou, maar vir nou, wil hierdie rooikop nie 'n engel wees nie, sy wil 'n vurige, uitlokkende minnares wees. Wys my hoe."

Hy trek haar driftig nader, 'n ondeunde lag ontsnap uit sy keel. Hy en sy lieflike rooikop gaan die sterre laat verskiet.

Geagte Leser

Ons hoop dat u ons boek geniet het en dit boeiend gevind het. U terugvoer is baie belangrik vir ons en vir toekomstige lesers.

Ons sal dit baie waardeer as u 'n paar oomblikke kan neem om 'n resensie op Amazon te skryf. U mening help ander om ingeligte besluite te neem en dit help ons om beter te verstaan wat ons lesers waardeer.

Baie dankie vir u ondersteuning!

Vriendelike groete

Die Malherbe Span